5分後に世界が変わる

スターツ出版文庫編集部・編

STARTS
スターツ出版株式会社

目次

5分後に世界が変わる

FROM.AI

――二四〇三年　四月

ＡＩの普及により少人化が進む今の世界、「ヒト」と「ＡＩ」の共存なんて当たり前だ。

現代のＡＩは、初期の頃のものとして世界遺産に登録されている、「ペッパー」のようなカチコチロボットではない。見た目はヒトと同形だ。

マシュー・リード博士が家庭用第一世代ＡＩを発明してからは、ＡＩ産業は加速的に発展し、今では世界中でたくさんのＡＩが製造されていた。もちコース、日本も例外じゃない。

もちコースっていうのはもちろん、〝of course（オフコース）〟。英語の山田（やまだ）先生イチオシの覚え方で、授業で当てられたときにこれを間違えるとすごく怒られる。

いや、山田先生は常に不機嫌だから、もう激怒と言っていいのかもしれない。クラスのみんな、私を含めて、どれだけ英語が苦手でも、この単語だけは絶対に〝perfect〟だ。

クラスメイトの三分の二はＡＩだ。五年ほど前から、学校にＡＩの導入が始まった。理由として、〝学生が快適な授業を受けるため〟〝ＡＩとの共存をより身近に〟というものがあると聞いたことがある。

ＳＮＳでは〝人間を絶滅危惧種に指定すべき〟〝ＡＩが暴走する可能性〟といったような「ＡＩ停止推奨運動」も結構あったりするけれど、正直私はどちらでもよかった。

ＡＩに「ココロ機能」がついているからだ。ＡＩにも感情があるという、そのままの意味。おかげで私にもＡＩの友達ができたし、充実した学校生活も送れていた。昔の流行語で言うのならば「アオハル」という感じだ。まあ、ＡＩとヒトの婚約は法律上認められていないけれど。

そんな最新時代とも呼ばれるこの時代、私に驚くべき出来事が起こった。

私、来栖ナノカの机の中に、一通の手紙が入っていたのだ。俗にいう「ラブレター」。愛が詰まったお手紙。初めて、もらった。

私はいたって平凡な、どこにでもいる普通の女の子であり、今までに告白をされた数だって片手で数えられるくらい。そんな私がこれをもらったら、もちコース、浮かれる。浮かれている。

――だけど、イマドキこんな古風な告白するか？

頭をよぎったひとりごとは、ただの照れ隠しなのかもしれない。

ヒトの割合が少ないから、私の周りでも、恋愛ごとはけっこう頻繁に起こっていた。付き合って、別れて。その繰り返しである。

そして、私にもやっと春が来てくれた。この時代ではすごくレアな、ラブレターをもらったんだっ。

喜びと恥じらいを噛みしめ、もう一度手紙に視線を向ける。一字も逃さないよう目で追った。


とつぜんの手紙で、すみません。

桜の花も散り、葉桜の時期となりましたね。

とうとつですが、この手紙の要件を綴らせて下さい。

来栖さんに、恋心を抱いてしまいました。

この気持ちの名前を知ったのは最近ですが、ずっと前からココロの中に存在していたと思います。

もしよろしければ、俺とお付き合いをしていただけないでしょうか。

放課後のカフェテラスにて、お返事をお待ちしています。

TO.来栖ナノカさま
FROM.AI
PS.どうか内密にお願いします。

ただひとつ、問題があった。ヒトとＡＩの交際が、認められていないことである。せっかくもらった愛のお手紙だけれど、ここは丁重にお断りするとしよう。犯罪者にはなりたくない。ＡＩさんもそれをわかっているから「内密」と言っているのだろう。

――だけど
やっぱり欲は膨大だ。私だって、差出人くらいは知りたい。

私はココロの中で計画を立てる。FROM.AIに直接会って、そんでお断り。私はギュッとガッツポーズをした。

「ナノちゃん、どったの？」

私の奇行を一部始終見ていたのか、訝し気な視線を向ける友達のカヤちゃん。そういえば、休み時間の真っ最中だった。うわあ、恥ずかしいったらありゃしない。

だけど、カヤちゃんにはご報告。なんでも話せる最高の親友に、かくしごとはゼロ。

「じゃっじゃーん！　ラブレターもらっちゃった！」

どどーんと効果音が付きそうな感じで手紙を突き出し、カヤちゃんに見せつける。

すると予想通り、カヤちゃんの瞳にはキラキラとしたハイライトが入った。

「まじでー!?　さっすがナノちゃん！」

「えへへー」

「誰から？」

「んー、ひみつ！」

前言撤回だ。どんなに気を許せる友達でも、かくしごとのひとつふたつはある。誰だって体重とか、少し盛ったりするでしょう。んん、逆か。まあ、それくらいのうそつきは全然許容範囲なのである。

授業開始五分前のチャイムが鳴り、カヤちゃんは自身の席へと戻っていった。

私が授業に集中できなかったなんてことは、言うまでもない。

まったく、快適な授業のためのＡＩじゃないのかっ。

と、しーんとした教室に、私の声が響いた。クラスメイトの視線が私に集まる。うわあ、やってしまった。思わず声にしてしまった。だけど、後悔したってもう遅い。

山田先生はお怒りだ。

「来栖、ＡＩじゃなくてお前のせいだと先生は思うぞ」

「す、すみません！」

こわい先生からお叱りの言葉をいただき、それからは「しかたなく」だけれど、しっかりと先生の授業を聞いた「ふり」をした。頭の中はお花畑、というよりはお手紙でいっぱい。

――どんな感じの方なんだろう。

ＡＩさんの手紙は手書きだった。男の子らしいその字から、運動部系かな、とイメージを浮かべる。それから、文面を見るにはきちんとした人。敬語とか礼儀をしっかりしてる人は嫌いじゃない。

「来栖！　さっきからぼーっとしてるなあ。余裕ってことだよな？　んじゃ、次のところを訳せ」

ふふふ、とにやけていた私に、手刀を入れた先生。む、と思わずにらみそうになったけれど、英文に目を通し気が変わった。

「〝of course〟の意味は〝もちろん〟です！」

「おう？　めずらしく正解。簡単すぎたか？　……罰は別のものにしとくか」

「えっ、ひどすぎません⁉」

そんな感じのやりとりを何度かし、鬼の山田先生の授業は終わりの鐘を告げた。キンコンカンコーン、という、昔ながらのチャイムの音。

授業のあとは、毎度のことだがほっと肩の荷が下りる。今日は気分も爆上げだった。なんてったって、ホームルームが終われば待ちに待った放課後だ。

本当は委員会の仕事をしなければならないのだけど、そんなことはどうでもよかった。それに、委員会の相方はカヤちゃんだ。察してどうにかしてくれるだろう。今回は甘えさせてね、愛するカヤちゃん。

カヤちゃんはポップキャンディーが大好き。だから、それを利用すれば餌付けができる。ふふっ。あらかじめ購買で買っておいた飴をプレゼントすると、「今回だけだぞう」と引き受けてくれた。頰を膨らました親友に感謝をして、私は校門を出た。

待ち合わせの場所、カフェテラスはこの辺りには一か所しかない。学校から近いので、このまま直行するつもりだ。いつもは「早く家に帰りたい」の一心で速まる足が、今日は「楽しみ」という理由でさらに速くなった。


カフェの扉を開けると、からんからんとベルの音が鳴った。

最近はあまり聞いていなかったこの音が、けっこうお気に入りだったりする。ここのカフェテラスを選んだＡＩさんの評価が、少しだけ上がった。

ＡＩさんはまだ来ていなさそうなので、にこやかな笑顔を振りまく店員さんに「あとからもうひとり来ます」と伝え、先に席に座った。相手は私のことが好きなのだ。私の容姿も知っているだろう。

ちょっと癖がある茶髪ミディアムヘア。二重まぶたにノーメガネ、服装はそのまま制服。ありゃ、特徴、ないかもしれない。

ＡＩさんが来た時に見られてしまうと恥ずかしいので手紙を取り出すことはせず、代わりにカバンから課題を取り出した。鬼の山田先生からのプレゼントだ。恋愛っぽくいうと、「私だけにくれた」課題、おしおき。

しばらく課題していると、肩にとんとん、と二回やわらかい衝撃が走った。反射的に振り返ると、私の学校の制服を着た男の子がひとり。

――なんだろう。どっかで、見たことある？

印象は、薄い感じ。予想していた運動部系男子とは違って、なんだか料理とかをしていそうなタイプ。

「話すの、初めてですよね。あ、前失礼します」

落ち着く感じの、少しの儚さを感じさせる声でそう言った彼は、私の前の席に腰を掛けた。

「あなたが、ＡＩさんですか？」

「はい、そうです。あ、自己紹介しますね」

人差し指をピンとたて、彼は優しく微笑んだ。

「お、お願いします」

私は完全に、自分のペースを乗っ取られている。いつもなら私から話しかけて、それから距離をずんずん詰める。今日は緊張しているのかな、私らしくない。

落ち着きのない私を見て、彼はふんわりと笑った。

「名前は、本間藍。それと、趣味は読書です。次、来栖さんお願いします」

とつぜん話を振られ、少しだけ挙動不審になる。私の第一印象最悪だ、と少し後悔したけれど、この人にとっては第一じゃないのか、と思い直す。

「え、えっとですね、来栖ナノカです。ナノちゃんとか呼ばれてます。あいさんもよかったらそう呼んでください！」

勢いでそう言い、あとから気づく。「あだ名で呼んで」なんて、仲良くして下さいと言っているように聞こえてしまうかもしれない。

だけど、あいさんはあまり気にしていないようなので、私はホッと安堵した。

「あ、学年同じだと思うけど、崩して話さない？」

「うんっ、そうする！」

私が笑うと、あいさんも「よかった」と笑った。

そして私は、本題に入ろうと息を吸う。

「あっと、あいさん！　私、あの、あいさんとは」

そこまで言ったところで、私の言葉は遮られた。むっとしてあいさんを見ると、彼は悲しそうな表情をしていた。文句を言うのは、やめておく。

「その話は、いいから。それよりさ、答え合わせをさせて？」

「……ん？　答え合わせ？」

「そ」

頷くあいさんを見て、私は首を傾げた。

「まあ、俺の話をナノちゃんが聞くだけなんだけど」

――あ、ナノちゃんって呼んでくれた。なんだか懐かしいような、変な感覚に陥る。

でも、そんなことはどうだってよかった。私はあいさんの言っていることの大半を理解していない。あいさんは私が好きで、ラブレターを送って、その返事を聞くために私をここへ呼び出したのではないのだろうか。

「まあいっか。聞かせて？」

「うん。じゃあまず、確認ね。手紙の差出人ＡＩが、藍なのは、わかってるよね？」

「うん？　た、たぶん」

「あ、ややこしいね。ＡＩをローマ字読みで、あいってこと」

グルグルとたくさんの「？」が回っている頭の中から、せいいっぱいの力を駆使して答えを引っ張り出した。

「つまり、あいさんはただのヒトで、エーアイじゃないの？」

「そういうこと」

あいさんがニコッと笑う。束の間、真剣な顔へ切り替わった。

「で、なんだけど。こっからが本番だよ」

「本番？」

「今のは序章の序章ってこと」

私はこくりと頷いて、あいさんの次の言葉を待った。どくんどくんと鼓動が鳴る。

「失われたデータが、あるんだよ」

また、急に話が飛んだ。頭の中は再びクエスチョンマークで埋め尽くされる。

私は言葉を発さず、あいさんを見つめた。

「それはふたつあってね。以前、本間藍と来栖ナノカが交際をしていた記憶、それから、来栖ナノカはエーアイ、という事実」

だんだんと視界がクリアに、そして真っ白になっていく。

——何、これ。

「本間藍と来栖ナノカの交際はウエにバレ、来栖ナノカには強制シャットダウンと記憶の消失、本間藍には特に何も処罰は下らなかった」

　あいさんは「それが一番の罰だったからね」と笑みを見せる。笑っているのに笑っていないような、切ない表情。私は、言葉が出なかった。

「そして、何かの不具合で来栖ナノカが覚醒した。それが今ね。再びシャットダウンをするよう、俺はウエから命令を受けた」

「待って、それっていつの話？　というか、どういうこと？」

　これ以上こんがらがる前にと、私はあいさんに問う。聞いたくせに、これ以上言わないでほしいと、感じている自分がいる。

「一年前のコトだよ。きみ、来栖ナノカはエーアイで、それから俺のせいで犯罪者になった。その記憶は、今はないけどね」

「……そんなのおかしいよ。だって私、そんなの知らない。それに今日だって、断るつもりで」

　このヒトは、いつも、私の話を遮る。そう、いつも。

「ウエが気にしているのは、そこじゃない。また、罪を犯すこと」

　あいさんはやっぱり悲しそうな顔をして、「そろそろ時間かな」と言った。

「……なんの？」

「お別れ」

「お別れしたら、どうなるの？」

不安になりそう聞いたけれど、あいさんから返事が返ってくることはなかった。

代わりにそっと手を伸ばし、あいさんは私の手を優しく握った。あいさんの体温を感じる。優しい、あたたかい手のひら。

「サイゴにずっと言いたかった言葉があるんだけど、言っていい？」

何故だか返事ができなかった。固まった身体が動かない。代わりに、頭の中に流れてくる記憶は、私の涙を誘った。

——藍だ。

どうして忘れていたのだろう。絶対に会いに行くと、私は約束したのに。愛していたのに、なんで。

……藍、私は何回でも会いに行く。絶対に逢いに行く。

だからまた、次も。私のことを、待っててくれないかな。

藍の人生を縛りたいとは思わない。そんなこと、思うわけがない。

だけど、忘れないでほしい。忘れていた私が、また忘れてしまう私が言うのも、なんだけど。

なかったことにしてほしくない。

これは私の、私と藍の、罪だから。

「さよなら、かな。ナノちゃんのこと、愛してたよ。」

その言葉が聞こえた後、目の前が真っ暗になって、何も聞こえなくなった。

どうやら私は、人間（ヒト）じゃなかったらしい。

……じゃあ、またね、藍。

愛、してるよ。

バンドが解散する理由

雨

「バンドってさ、多分こうやって解散していくんだね」

かつて互いに恋に落ちたその男がひとりごとのようにそんな言葉をぼやいたのは突然のことであったが、これといって驚くようなことでもなかった。

そろそろ潮時なのではないかと、なんとなく察していた部分があった。むしろ、やっと言葉にしてくれたか、という気持ちのほうが強かった。

感謝とも違う。けれど少し、心が軽くなった気もしていた。

「解散するバンドがよく言う〝方向性の違いにより〟ってやつ。俺、その気持ちが今すごいわかる気がする」

「……ああ、うん」

大学一年生の春。友達に誘われて入った軽音サークルで、私と君は出会った。

サークル内に溢れる派手な髪色のにぎやかな先輩たちと違って、君の雰囲気は特別柔らかくて、纏う空気が澄んでいた。

目が離せなかった。かつての知り合いでも友達でもないはずの君のことをもっと知りたいと、本能がそう告げていた。

「ななちゃんそのバンド好きだよね。ごめん、いつもグッズとか使ってるから気になって」

「え……あ、うん。昔から好きで……」

「俺も好き。ライブとか結構行ってる？」

サークルを通して少しずつ話すようになってから、彼が私と同じバンドを応援していることを知った。スマホケースにステッカーを貼っていてよかった。ライブグッズのトートバッグを日常的に使っていてよかった。

ななちゃん、と名前を呼んでもらえたのはそのときが初めてで、途端に速くなった心臓の音すら心地がよかった。

私達が好きなバンドは、持て余した感情や青春をほんの少し尖った歌詞で歌うロックバンドだった。

私がその音楽に救われたことのある過去も、君がそのバンドに惹かれた瞬間も決して同じではなかったけれど、私達が同じバンドの音楽を好きで聴いているという事実は、君と私を結ぶには十分すぎる理由だった。

それ以外にも、普段聴いている音楽の系統がほとんど同じだということが判明し、私達はどんどん仲を深めていった。

高校時代、恋人がいたことはあったけれど、人を好きになるという感覚がしっくりこなくて長続きしなかった。だから、彼と出会って以降、無意識に視界に収めようとしてしまう自分に気づいたときは驚いた。

これを恋と呼ぶのなら、見ているだけでドキドキするとか、話せただけで死んでもいいくらい幸せな気持ちになるとか、そういう高校時代には理解できなかった恋する同級生達の話も、今更ながらに納得できる気がした。

彼と話す回数は徐々に増えていき、次第に講義終わりにふたりでご飯に行ったり、休日にバンドのライブに一緒に行くようになった。

笑うとえくぼができるところも、ギターを愛おしそうに触るところも、澄ました顔して実は少しドジな一面があるところも、全部好きで仕方なかった。

ひとりでは抱えきれないほどの感情が溢れたのは、同じ年の夏のことだ。

「……好きなの」

たった四文字を伝えるのに、こんなに声も手も震えるなんて知らなかった。

気持ちを伝えるに至るまで、もしかしたら彼も私のことを好きなんじゃないか、なんて思う瞬間が何度もあって、その度にこれがもし私の都合の良い勘違いだったらどうしようと不安になったりもした。

もし告白して、振られたとして。彼と友達ですらいられなくなったらどうしよう。

そんなネガティブな思考に囚われてなかなか踏み込めずにいた私の背中を押したのは、君と私が好きなバンドの新譜だった。

ラブソングなんてめったに出さないバンドが、まるで私の恋心を見据えたかのようなタイミングでラブソングを出したのだ。

あの曲は私のことを歌っているのかも、なんて。それが恥ずかしい勘違いであることもわかった上で、私はその勘違いを信じていたかった。

「俺も、好きだよ。ななちゃん、俺の彼女になって」

私達は恋人同士になった。今月で、付き合って三年になる。

いつからだろう。

いつから、私達は変わってしまったんだろう。


ここ何ヶ月か喧嘩が絶えなかった。些細なことが引っかかって苛立ちが募る。一緒にいるうちに発生した慣れのせいか、だんだんとお互い言葉を選ばなくなっていた。

『ななちゃん最近わがままずぎると思う』

『思ってること全然言わないのはそっちじゃん』

『また俺のせいにするんだ』

『そうは言ってないでしょ。なんでいつもそういう捉え方しかしないの？　むかつく』

好きだと伝えたあのときの感覚も、同じ言葉を返してもらった嬉しさも、決して忘れたわけじゃない。それなのに、気づけば思いやりに欠ける言葉ばかりが飛び交っていて、どちらかが大きくため息をついたときが、その日の喧嘩の終わりの合図だった。

数時間も経てばお互いいつも通り話していることもあったが、長引いて三日話さないことも、一週間顔を合わせないこともあった。

私も君も、もうそれを珍しいことと思わなくなってしまっていた。

私たちは心を許し合っていた。楽しいも悲しいも、嬉しいも苦しいも、その他にもたくさん同じ感情を共有していたはずだ。

だからこそ、甘えていたのかもしれない。

初めて喧嘩をしたとき。喧嘩の理由は、今じゃもう詳細に思い出せないほどとてもくだらないことだったように思う。

それでも、付き合ってまだ日が浅かったこともあり、私は嫌われたくなくてたくさん言葉を選んで発言していたことは確かだった。

本当はもっとぶつけたい不満もあったけれど、そのまま君に伝えたら嫌われてしまうかもしれないからと声を呑み込むようにしていた。

一緒にいたいから。好きだから。なるべく傷つけないように、慎重に。

そんな私に、君は言ったのだ。

『俺は、時間がどんなにかかってもななちゃんの白いとこも黒いとこも全部わかってたいし受け入れてたいって思う。だからななちゃんもさ、俺のこと簡単に諦めないでよ。こんなことでって思うことでも、ちゃんと話していこう?』

君がそう言ったから。そのおかげで私は自分自身をさらけ出すことができた。

ありのままの私で、君と笑うことができていた。

一緒に過ごす時間が楽しかった。沈黙すら心地良くて、とても幸せだったのだ。

私達が共通して好きだったバンドは、一年前、『方向性の違いにより』解散した。

重なる想いがあったから。信じたいと思えるメンバーだったから。音楽で伝えたいことがあったから。だから一緒にバンド活動をしようって決めたんじゃないのか。メンバー内のすれ違いで私たちファンは置き去りにされてしまったのか、と。

私が当時そのバンドに対して感じたのは悲しさと少しの怒りだった。

「俺らが好きだったあのバンドもさ、解散するって話になったとき、こういう気持ちだったのかな」

「……知らないよそんなの、私に聞かれても」

けれど今、君はその気持ちがわかるという。そして、そんな君に私が感じたのは、少しの悲しさと、納得だった。

私と君は、同じ趣味で知り合って、同じバンドが好きという共通点で仲良くなった。君と恋をしたいと思ったから、君をもっと知りたいと思ったから、一緒にいることを決めたんだ。

それなのに今、私たちは、お互いの本音を差し置いて、さよならの危機にあるみたいだ。

ああ、そうか。このまま終わっちゃうのか、私達。

悲しいけれど、君がもう決めていることなら引き留めようがない。

きっとこういうところが、一般的な女の子と比べたら可愛くない態度なのかもしれないけれど、もうどうしようもない。

私は、今まで何度もこうして自分の気持ちを伝えることを諦めてきたのだ。

最後の最後まで素直になれない自分が憎かった。

「……あのさ、別れ話ならもっとわかりやすく」

「別れ話なんかしてないよ。俺とななちゃんのこれからの話をしてるつもり……なんだけど」

「え？」

半ばあきらめて不貞腐れたような声で言った私にかけられたのは、思っていたこととは全く真逆のものだった。

ぱちぱちと瞬きをして君を見つめると、「その顔ちょっと間抜けだね」と軽く笑われる。私に向けられたその柔らかい表情は、三年前から変わらず好きな顔だった。

「なん……、え、違うの？」

「なに、ななちゃんは俺と別れたかった？」

「そっ、そうじゃないけど……」

そうじゃない。そうじゃないけど、絶対今から振られると思っていたから意外だったのだ。

別れ話をされていると思った。君はもうとっくに私に愛想をつかしてしまっていて、一緒にいるのが疲れてしまったのだと、そう思っていたから。

「ねえ、ななちゃん」

優しい声色に、心臓を掴まれた。

「バンドが解散するのってさ、すれ違う度にグループで話し合って、解決策を見つけて、だけどそれでもダメで、これ以上はもう最高の音楽を届けられないって本人達が思ったときだと思うんだよ」

「……そうなのかな」

「そりゃ実際どうかまではわかんないけど、俺はそう思う。それでさ、俺とななちゃんって別にファンがいるわけでもないし、これって一対一の問題でしょ。解決策なんていくらでもあるし、すれ違うたびに俺達はお互いのことまだまだ全然知れてなかったんだなって反省していくんだと思うんだよね」

『ななちゃんの白いとこも黒いとこも全部わかってたいって思う』

『ななちゃんもさ、俺のこと簡単に諦めないでよ』

ああ、そうか。君の言葉で気づいてしまった。

「はは。なんで泣くの」

「……あれ、ほんとだ」

私は君のことを諦めようとしていた。

本音を殺して、自分が傷つかないための最善策に縋(すが)ろうとしていた。

涙が出るのは、君のことが好きだから。本当はまだもっと、君を知っていたいから。

一緒にいたい。私はまだ、君のことを諦めたくない。

「俺のこと簡単に諦めないでよ。俺も、ななちゃんのこと諦める気ないから」

「うん……」

「方向性が違くたって、ななちゃんとなら大丈夫だって、俺はずっと思ってる」

「……うん」

「ななちゃんがいつも素直になれないときに無愛想な態度取っちゃうことは知ってても、泣いた顔こんなに可愛いって、俺あんまり知らなかった。ごめんね、不謹慎(ふきんしん)で」

「……馬鹿だ。やめてよ、今そういうこと言うの。泣いちゃうから」

「はは。もう泣いてるじゃん」

「あんたのせいだ……」

「うん、そうだね。ちゃんと責任とって一緒にいる」

君の指先が伸びてきて、こぼれた涙をそっと拭う。それがどうにも愛しくて、また涙が溢れてしまった。

私と君。解散するときが来るとしたら、きっとどちらかの未来が途絶えたときだけのような気がした。

ポテトチップス恋愛論

汐見夏衛

『ああ、このひと、合うなあ』とか、『あ、このひとはちょっと違うな……』とか。そういうふうに感じるとき、ひとそれぞれ、何かしらの判断基準があると思う。

血液型や星座だったり、出会った瞬間の直感だったり、話し方や笑い方だったり、そのひとがもちかけてきた話題だったり、表情や声の感じだったり、趣味だったり、服装だったり。

ひとそれぞれ独自の、相手の人間性や、自分との相性を見極めるための視点。

誰かと知り合ったとき、そういう観点から相手を見て、これから仲良くなれそうか、仲良くしていけそうかどうかを、ひそかに観察しているはずだ。

それで、わたしの場合は何で判断するかというと、『何味のポテトチップスを好むか』だ。

ひとことでポテトチップスの味といっても、その種類はたくさんある。

きっとだれもが一度は食べたことのある定番のラインナップから、新商品、復刻版、季節限定、地域限定、変わりだね。

そんな数えきれないほどの味の中からどれを選ぶかで、だいたいの人間性がわかる、とわたしは考えている。

だから、もしもいつか、『このひと、いい感じだな』と思う相手が現れたり、『もしかしたら、これから、このひとのこと好きになるかも……』という恋の予感を察知したりしたら、まずそのひとがどの味のポテトチップスを好む人間かをチェックしよう、とわたしは心に決めていた。

たとえば、そのひとと一緒にコンビニやスーパーへ買い物に行く機会があったら、さりげなくポテトチップスコーナーに導き、どれか買おうよと言ってみる。

そういう機会が訪れなければ、自分で何種類かのポテトチップスを用意して彼の前に並べて、その中からひとつ選んでもらう。

ここで大事なポイントは、『ひとつだけ』選んでもらうこと。それこそが、恋人という『たったひとり』をどう扱う人間なのか、を判断するバロメーターになると思うのだ。

そうして『ポテトチップスをひとつだけ』選ぶとき、まっさきに『新商品』『新発売』などと書かれているものを手に取るようなひとは、申し訳ないけれど、わたし的には論外だ。いつも食べているものやいちばんのお気に入りなど慣れ親しんだものを横目に、『目新しい味』を求める。そういうタイプのひとは絶対、無駄に好奇心旺盛で新しもの好き、つまり恋愛に置き換えればちょっと長く付き合うと恋人に飽きて、別の新しい恋へと走り出してしまうクズ人間に決まっている（個人の見解です）。

そして、季節限定だとか数量限定だとか地域限定だとかの『限定もの』に弱いひとも、だめだ。今しかチャンスがないと思うと、一回だけ……今日だけ……今だけだから……などと自分に都合のいいことばかりを考えて、安易に浮気や火遊びをしかねない(同右)。

じゃあ定番なら何味でもいいのか、というと、そうでもない。

コンソメパンチを好むようなひとも、たぶん危険だ。だって、『パンチ』があるもの、要するに刺激を求めているということだからだ。少し長く付き合ってマンネリ化してきたときに、新しい刺激を求めてどこかへふらふら行ってしまう可能性がある。

それで結局、ポテトチップス何味を選ぶひとが理想なのか。

もちろん、『うすしお』だ。

数あるフレーバーの中から、他には目もくれず、迷わず『うすしお』に手を伸ばすようなひとが最高だと思う。

そういうひとは絶対に、真面目で誠実で、チャラくなくて、流行に飛びついたりもしない、硬派な人間だ。きっと誘惑に負けて浮気したりなんかしないで、一途にひとりを愛し続けるに違いない。

それが、わたしの理想の男性像。

というわけで、わたしの恋の第一条件は『ポテトチップスうすしおの男』なのだ。

＊

そんなわたしは今、胸をばくばくと高鳴らせながら、目の前のビニール袋を凝視している。

「はあ、外寒かった。今日めっちゃ寒いねー」と言いながらわたしの向かいに座った高田（たかだ）くんが、テーブルの上に何気なく置いたコンビニのレジ袋。その中には、スナック菓子のパッケージらしきものが入っていた。

そのサイズ感、形状、わずかに透けて見える色柄。間違いない。

「……それ、ポテトチップス？」

思わずたずねると、高田くんが笑顔で「うん」と頷（うなず）いた。

やっぱりポテトチップスか。心臓がどくんと跳ねる。

「ここに来る途中で、なんか急に食べたくなってさー」

「へえ……そっか」

「ポテチって、なんで夜に食べたくなるのかなー」

わたしの心情など知るはずもなく、高田くんは呑気に言う。

「しかも遅くなればなるほど食べたい度が増す気がする。身体によくないってわかってもやめられないんだよなー」

「あはは。わかる、わかる……」

彼の言葉にあいづちを打ちつつも、わたしは気が気じゃなくて、うわの空になってしまう。

まさか高田くんが今夜ポテトチップスを買ってくるだなんて、ちっとも予想していなかったので、驚きやら動揺やら緊張やらでわたしの頭はぐちゃぐちゃになり、動悸がおさまらない。

こんなはずじゃなかったのに、と心の中で叫ぶ。

わたしが想定していたのは、こちらが誘導または用意した上で相手のポテチ選択の場に立ち会う、つまりわたしとしては『今日が運命の審判の下る日だ』という心がまえがばっちりできた状態なのだ。

でも、今は違う。まさかこんなタイミングで高田くんのポテトチップスの好みを知ることになるなんて思いもしなかったから、全く心の準備ができていない。知るとしても、もっと先のことだと思って、油断しきっていた。

ちなみに、今、どんなシチュエーションかというと、大学で同じサークルに所属している一回生の男女四人で集まって、鍋パーティーをしようというところ。場所はわたしの部屋だ。わたしは大学のすぐ近くにあるアパートで一人暮らしをしているので、この一年間ですっかりサークル仲間の溜まり場になっていた。

今日の鍋パーティーの名目は、『お祝い＆お疲れさま会』だ。怒濤の一年間をなんとか乗り切って、無事にメンバー全員進級できることが決まったので、みんなでお互いの苦労をねぎらおう、というものだった。

高校生のころのわたしは、大人たちの言う『大学時代は人生の夏休み』だとか『人生でいちばん暇な期間』だとか『大学生のときは遊んでばっかりだった』だとかいう言葉を真に受けて信じていた。でも実際に入学してみると、一回生は取得しなければならない単位が四年間で最も多く、毎日朝から夕方まで学校に通いながら、夜や休日には慣れないバイトで心身を削り、サークルでも先輩たちから雑用を申しつけられ、そんなこんなで講義にバイトにサークルにと目が回りそうなほど慌ただしい一年だった。

それは他のみんなも同じで、だから『みんなで進級祝いとお疲れさまの会でもやろうか』と高田くんが提案してくれたとき、みんな一斉に飛びついたのだ。

「あいつら、あと三十分くらいで着くかな」

高田くんが時計を見て言った。

「あ、うん、そうだね……」

わたしはまだうわの空のまま答える。彼以外のふたりからは、バイトが終わってから行くので少し遅れると、前もってラインが入っていた。

「とりあえず先にふたりで鍋の準備だけ進めとこっか」

高田くんがにこにこしながら言ったので、わたしはこくこくと頷いた。

鍋の材料や飲み物、お菓子類は、昨日のうちにみんなでお金を出しあって買い出しをして、この部屋に運び込んでおいたので、準備万端だ。だから、今夜はみんな手ぶらで来る予定だった。

それなのに、どうして高田くん、さらにお菓子を買ってきたのか。

しかも、よりにもよって、ポテトチップス。

どうしよう。気になる。高田くんは何味を選んだのか。

見たいけど、見たくない。

わたしがこんなにそわそわしてしまうのには、理由がある。

自分で言うのもあれだけれど、実は最近、高田くんと『けっこういい感じ』なのだ。

同じ学部の同じ学科で、同じ講義を受けることも多く、さらにサークルも同じ。なんとなく同じグループにいることが多くて、ふたりだけで話す時間も他のひとたちよりは長くて。そういうときに、『波長が合うなあ』という感じがして。

学科やサークルなどの大人数での飲み会のときにも、気がついたらわたしたちは隣に座っていて、まったりおしゃべりしていることが多かったりして。

なんというか、ちょっと気恥ずかしいけれど、『友達以上』みたいな。

周りのみんなもそう感じているようで、「高田くんと佐伯さん、仲いいよね」だとか、「そろそろ付き合えば？」なんて冗談めかして言われることも、たまにあって。

なにより、高田くんののんびりとした話し方とか、くしゃっとした笑い方とかが、わたしにとってはとても心地がよくて、一緒にいるといつも楽しくて穏やかな気持ちになり、心が安らぐ感じがする。

そして、高田くんもわたしのことを少しは好ましく思ってくれているような気が、どことなくする。目が合うと彼のほうから近づいてきて話しかけてくれたり、なんということもない内容だけれどなんだかんだで毎日ラインを送ってくれたり。

もしかして、もしかしたら、いつか高田くんと付き合うことになったりするのかな……わたしの勘違いかな、どうかな……、なんて思っているところだったのだ。

そんな中途半端な状態だから、わたしはまだ、彼の好きなポテトチップスの味は、知りたくなかったのに。

でも、目の前のテーブルに置かれたそれを、見て見ぬふりなどできるわけがなく、好奇心を抑えきれるわけもなく。

「――見ていい？」

わたしはそっと高田くんにたずねた。

とにかく、ここまできたら先のばしにするよりも早く確認してしまいたい。

おそるおそる口に出したわたしの言葉に、高田くんが一瞬目を丸くして、それから、「ふはっ」とやわらかく吹き出した。

「何それ、『見ていい？』って」

「いやー、あのー……」

「『食べていい？』の間違いじゃなくて？」

高田くんがおかしそうにたずねてくる。彼は、笑うと目が細くなって、目尻が下がって、少し笑いじわが浮かんで、本当に優しい表情になる。それを見ると、こちらまで思わず微笑（ほほえ）んでしまうような、優しい顔。

「ええと……食べたいというよりは、見たいんだよね。何味なのか」

わたしがぼそぼそ言うと、高田くんはきょとんと不思議そうな顔になった。

「どういうこと？」

そう問われると、正直に答えるしかなくなって、わたしはとうとう生まれて初めて、自分のポテトチップス理論をひとに打ち明けた。

どんな味を好むひとが理想なのか。どんな味を選ぶひとが苦手なのか。

わたしの話を聞きながら、初めは真顔だった高田くんがだんだん笑顔になっていき、最後にはこらえきれないように声をあげて笑った。

「なんだそれ、初めて聞いた！」

あははと明るい笑い声をあげ、手をぱちぱち叩いて高田くんは言う。

「おもしろいこと考えるね、佐伯さん」

「いやー、そうかな……なんとなく思いついたんだよね、ある日ふと」

えへへと頬をかきつつ答えると、高田くんが「でも、ちょっとわかるかも」と頷いた。

「食の好みって、けっこう性格が出るもんね」

「あ、高田くんもそう思う？」

変な子だと思われてしまっただろうかと不安だったので、まさかの共感を得られたことでわたしは思わず前のめりになった。

「やっぱり好きな食べものが同じだと気が合う感じするよね、ね？」

「うんうん、食べものの好みは大事だよね」

「そうなの！　うちのお父さんとお母さんも、それで結婚したみたいなものだって」

「へえ、そうなんだ。そういえば、うちの両親も食べものの味で揉めてるのとか見たことないなあ」

ひとしきり盛り上がったところで、ふたりの視線が同時に、コンビニの袋に向けられた。

「……中、見る？」

高田くんがそっとつぶやき、ちらりとわたしを見る。

「……うん」

わたしはどきどきしながら、こくっと頷いた。

「せ、せっかくだし、見せてもらおうかな、えへへ……」

本当はものすごく気になっているけれど、ポテトチップス理論を知られてしまった以上、『ものすごく気になっている』という本心を知られるのが気まずくて恥ずかし
くて、そんな言い方をしてしまった。

でも、声は裏返ってしまったし、笑顔はたぶん引きつっているので、ごまかしきれ
てはいないかもしれない。

「じゃあ……」

高田くんがゆっくりとビニール袋に手を伸ばし、中にそっと手を差し入れた。

わたしはごくりと唾を飲み込む。

彼の選んだポテトチップスが全貌（ぜんぼう）を現すまでの時間は、まるで永遠のように長く感
じられた。

そして、現れたのは――黄色と緑の、色鮮やかなパッケージ。

「――のりしお」

言葉が無意識にこぼれ落ちた。

「……のりしおかあ……！　微妙……っ！」

正直な感想もこぼれ落ちた。

思わずうなだれたわたしを見て、高田くんがあははっと楽しげに笑った。

「言うと思った！」

予想外の反応に、わたしは驚いて目をあげ、彼を見つめる。

「え？」

「微妙って言うだろうなーと思ってた」

「あ……ごめん。微妙とか、失礼だよね。ごめんなさい」

自分の発言の軽率さと無神経さにやっと気づいて、わたしは慌てて謝罪する。のりしおを選んだ高田くんにも、のりしおを作ったポテトチップスメーカーにも申し訳ない。

でも彼は気にするふうもなく、微笑んで首を横に振る。

「謝らなくていいよ。だって、さっきの佐伯さんの話の流れ的に、のりしおって微妙だよなあと俺も思ってたから」

「いやいや……」

ちなみにわたしは、自分で食べるぶんには、コンソメパンチも変わりだねも新商品も限定フレーバーも、全部おいしいとは思っている。

特に、のりしおは、間違いなくおいしい。いちばん好きなのはやっぱりうすしおだけれど、のりしおもかなり捨てがたい。あのなんともいえない磯(いそ)の香りと深みのある味が文句なしにおいしくて、たまに無性(むしょう)に食べたくなる。

だから、高田くんがのりしおを選んだ気持ちは、よくわかる。彼が自分にとってただの友達だったら、きっとわたしは「のりしおっておいしいよね！」と屈託(くったく)なく同意しただろう。

でも、高田くんはわたしにとって今、ただの友達ではなくて。淡い恋の予感があって。そんな状況だからこそ、やっぱり、手堅くうすしおを選んでほしかった、というのが隠しきれない本音で。

気まずい沈黙が流れる。

ただ、気まずいと思っているのはわたしだけのようで、なぜか高田くんはずっと楽しそうな表情をしていた。

「あのさあ、俺、思うんだけど」

しばらくして、彼が口を開いた。

「俺さあ、好みの異性のタイプは？　って聞かれたら、いっつもこう答えてるんだ」

好みのタイプ、という言葉に、わたしはどきりとする。高田くんは、どんな女の子が好きなんだろう。

「まず、見た目は、清楚(せいそ)な感じっていうの？　黒髪のストレートのロングで」

その言葉が、とすっと胸に突き刺さった。

わたしの髪型は、軽くパーマをかけたショートボブだ。しかもほんのり茶色に染めている。つまり、高田くんの好みとは正反対だ。

「あと、服は白とかベージュとかの、きれいめな感じのワンピースとか」

「……………」

うわあ、と声がもれそうになる。ファッションまで正反対じゃないか。

わたしは原色系が好きで、濃いめの色の服を着ることが多い。そしてTシャツにショートパンツかジーンズ、のようなラフな格好ばかりだ。ワンピースなんて、親戚の結婚式のときに親に買ってもらったフォーマル用の一着しか持っていない。

「顔は、目もとがきりっとした知的な雰囲気が好みかな」

「……はは。なるほど……」

わたしは昔から童顔と言われていて、今でもたまに高校生に間違われたりする。彼の好きなタイプの顔では全然ない。

要するに、何もかも、彼の好みとはかけ離れている。

「……そう、なんだ」

ちょっと泣きそうになりながらも、わたしはなんとか笑みを浮かべて、あいづちを打った。

高田くんがわたしを多少は好ましく思っている、なんて、とんだ勘違いだったらしい。彼は誰にでも気さくで優しく親切なだけなんだ。

ショックやら恥ずかしさやら情けなさやらでしょんぼりしていると、高田くんが、ふいに「でもさ」と声をあげた。

「好きなタイプって訊かれたら、いつもそう答えてたのにさ、不思議なもので、全然タイプのちがう佐伯さんを、すごい可愛いとか思っちゃうわけで」

「――――へ？」

たっぷり五秒くらいはフリーズしてから、わたしは間抜けな声とともに顔をあげた。

瞬間、高田くんの柔らかい眼差しに包まれる。

「つまりね、何が言いたいかというと」

「……うん」

「人間っていうのは、『こういうひとがいい』っていう理想像どおりのひとを、好きになるとは限らないんだよなってこと」

高田くんの口調には、冗談やからかいの気配はなく、とても真剣だった。

「俺は、佐伯さんのこと好きになって初めて、今までの自分の恋愛観を塗り替えられたんだよね」

真っ直ぐに向けられた言葉が、ひとつひとつ、わたしの鼓膜に、心に、じわじわと染み込んでくる。

――『俺は』、『佐伯さんのこと』、『好き』。

「……えっ」

やっぱり間抜けな反応しかできない自分が情けない。

高田くんが、わたしのことを、好き?

どくっと心臓が跳ねて、それからばくばくと暴れ出した。

もちろん、さっきまでとは、まったく違う理由で。

胸が苦しくなって、息が吸えなくなって、顔が熱くなって。

何も言えずに固まっていると、高田くんがいきなり手を伸ばしてきた。

それから、ぽんっと頭の上に手がのせられる。

「まあ、そういうことです」

「……？」

「で、あわよくば、佐伯さんもそうだったら嬉しいな、と」

「……え、え？」

　ふはっ、と高田くんはおかしそうに目を細めた。

　わたしの大好きな笑い方。

「ポテトチップスといえばうすしお一択っていう硬派な男が理想なのに、のりしおを選んじゃった微妙な俺のことを、なんでだか好きになっちゃってくれてたら、嬉しいなと」

　──わたしが、高田くんのことを、好きに。

　ひとことずつ頭の中で整理しながら、ぽかんと口を半開きにしていると、高田くんがふいにポテトチップスの袋をひらいて、わたしの唇の隙間に、一枚ののりしお味のポテトチップスを差し込んできた。

「どう？　おいしい？」

　柔らかくたずねられて、「おいしい」と即答する。

　ふはっと高田くんが噴き出した。

「うすしおはもちろんおいしいけど、たまにはのりしおもどうですか」

「……いいと思います」

「お、ほんとに？　いいの？　それ、都合よく解釈しちゃうよ？」

　わたしは熱くなった頬を押さえながら、「どうぞしてください」と言った。

高田くんが弾けるような笑い声をあげ、嬉しげな満面の笑みを浮かべる。

心がとろりととろけた気がした。

ああ、好きだな、と思う。高田くんが好きだ。

うすしおじゃなくてのりしおを選んだとしても、わたしの理想とはちょっと違っていたとしても。

やっぱり、彼の笑顔も、声も、雰囲気も、わたしを虜にして離さない。

恋って、そういうものなのかもしれない。

わたしの心は今まで、本当の恋を知らなかった。だから、頭だけで、こんなひとがいい、あんなひとはだめ、と考えていた。

頭でっかちな、ポテトチップス恋愛論。

でも、きっと、恋って、頭で考えるものじゃなくて、心で感じるものだから。

そして、自分の心なんて、しょせん思い通りにはならないものだから。

ポテトチップスの何味を選ぶかより、自分の理想のひとかどうかより、ずっとずっと大切なことがある。

一緒にいて楽しい、心が安らぐ、笑顔を見られたら嬉しい、もっと一緒にいたい。

そう思う気持ち以上に大切なことなんて、きっとないのだ。

そんなことを初めて知った、十九歳の冬の終わり。

「さあ、鍋の準備、はじめようか」

高田くんがにこやかに言った。

「……うん！」

わたしも笑顔で頷いた。

ちょっと照れくさい顔を見合わせるわたしたちを、テーブルの上のポテトチップスのりしお味が静かに見上げていた。

春はもうすぐそこだ。

死に際の私

時枝リク

カンカンカンカン――

警報音が鳴り響き、遮断機が降りてくる。ここから先は危険なので入ってはいけません、そんなことは幼稚園児でもわかること。でも今は、ここへ一歩踏み出さなければならない。行くしかない。だってそうしなければ、私の毎日が続いてしまう。

行け、踏み出せ、もうそろそろ電車が来る。もう少し前に、もう少しギリギリの所で、電車が来た瞬間踏み出せるように、

「何してんの？」

「！」

急にかけられた声に身体が飛び上がるほど驚いて、反射的に振り返る。だって今この辺りには誰も居なかったのだ。誰も居ない場所、誰も居ない時間、誰も居ないこの一瞬に全てを賭けたのに、それなのに、

この人は、一体いつからここに？

ブワッと背中を向けた踏切のほうから風が吹き付ける。ガタンゴトンと線路と車輪の重なりあう音が、あっという間に遠ざかっていった。

今日も、失敗した。

「……なんでもないです」

遮断機が上がり、安全を考えるには近過ぎたそこから離れる。人に見つかってし

まったらもう駄目だ。私の決心なんてそんなもの。そんなものだから、まだダラダラとここに居る。私は一体いつまでこんなことを繰り返すのか。

……もう帰らなければ。

「どこ行くの？」

「……帰ります」

「どこへ？」

「………」

興味もなさそうに尋ねる男に、無性にイラッとした。帰るのだから家に決まっている。また家に帰るしかない私への嫌味かと思ったけれど、この人がそんなことを知る由もない。ただ私の虫の居所が悪いだけだ。

見ず知らずのこの人に付きあう筋合いもないので、何も答えないまま元来た道へと引き返した。知らない彼の横を通り過ぎる。二十代ぐらいの黒髪に黒い服を着た男性だった。高校生が夜中にたったひとりでこんな所にいるのはどう考えても不自然なので、大人の人にバレたのはまずいかなと頭をよぎったけれど、その人がそれ以上私に声をかけることはなかった。

……結局そんなものだ、なんて。

引き止められなくてほっとした分、これ以上の関心を寄せてもらえなかったことにガッカリした。何を求めていたのだろう。私は馬鹿で、面倒臭くて、意気地のない人間だ。

　だからこんなことをするのだ。こんなことをする以外の方法が見つからないのだ。もうわかっている。

　結局また、私はここへ来るしかないのだ。


　今日もまた自然と遮断機の前に立ちつくす。気付けばここに居る。カンカンカンカンと警報音が私を呼び寄せる。

　この踏切で毎朝友達と待ちあわせをしていた。約束をしなくても自然とお互いに待つようになるくらい、それくらい仲の良い友達だった。おはようと挨拶を交わして、毎日二人で登校して、帰りだって一緒……それなのに、今は違う。些細な言い争いだったけれど、それがきっかけで段々と目があわなくなって、会話がなくなって、挨拶がなくなって……最後には見ない振りして通り過ぎるようになった。

　一度だけお母さんに相談してみたことがある。でもあっさりと、謝れば？　なんて言われておしまいだった。そんなことは私にだってわかっている。わかっているけれど、もう遅い。今はもう話す機会すらないのだ。だって友達の目は私を映さない。まるで私なんて始めからどこにも居なかったみたいに。居ない人間がどうやって謝ればいいの？　友達も、お母さんも、いつもどおりの毎日を過ごしている。でも、私は？　どうせ他の人にとっての私なんてそんなものだ。私は誰かの大切な何かにはなれない。今日もそうだったから、きっと明日もそう。だからこれから先、ずっとそう。でもそんなのは辛い。辛くて悲しくて耐えられない。だから、私はここに居る。

今日こそはと、気持ちを込めた。私のことなんてどうせ誰も見ていない。私がどこで何をしようが誰に何の影響も与えないのだろうけど、それでも私はここに居る。居なくても良いというのなら、本当に居なくなってやる。今を変える方法なんてこんなことしかないのだから。私が居なくなって驚いたってもう遅い。そのときになって後悔して、悲しんだって、もう遅い。

……悲しんで、くれるのかな……。

……それを知る為にもやるしかない。やるしかない。

逃げるにも、確認するにも、結局やるしかない。

「本当に？」

「！」

まただ。また声に振り返るとその人は居た。前回のとき同様に、私の少し後ろに佇んでいる。誰も居なかったはずなのに。

「早くしろよ。もう来るぞ」

「……え、……」

「ほら、行けよ」

「…………」

踏切へ向き直ると電車はもうすぐそこまで来ていて、目的を達成する為には今すぐ踏み出すしかなかった。カンカンカンと、鳴り響く警報音が私を責め立てる。急に声をかけられたせいでしっかりと覚悟が決められていない。でも電車はもうすぐそこ。今行くしかない。行くしかない。行くしか、行かないと、

ガタンゴトン——ガタンゴトン——

「あーあ、駄目だった」

「…………」

「やる気あんの？」

「…………」

後ろから無遠慮にかけられる声を、黙って背中で受け止めていた。私はまた出来なかった。情けなさに押しつぶされそう、だけど、

「次、手伝ってやろうか」

それよりも一体、この人は何？　怖くて、怖くて、振り返ることが出来ない。この

人は私の目的を知っている。知った上でここに、また来たということ？

「聞いてんの？」

「っ！」

耳元で聞こえてきた囁きに身体が震え上がり、弾かれる様に私は走り出していた。逃げなければ、この人は危ないと本能が察知する。怖い、こんなに怖いことがこの世にあるなんて。

元来た道を駆け戻る私に、その人が着いてくることはなかった。追いかけられなくて良かった。あの人は、怖い。なんだかとてつもなく、怖い。


また、居るのだろうか。あの人はまたこの場所に来るのだろうか。

踏切と向きあう形で立ちつくす。カンカンカンという音はまだ聞こえてこない。あの人も、まだここには居ない。

昨日の出来事を思い返せば返すほど、あの人の不気味さが浮き彫りになっていく。あの人が言っていた手伝ってやろうかというのは、私の飛び込みを手伝う、ということ？　だとしたら、このままここに居たら私は、あの人に殺されてしまう……？

……でも、それで良かったはず。だって私は死にたいのだから。その為に毎日毎日ここに来ているのだから。それなのに私は馬鹿で、グズで、間抜けだから、一向に目的が達成されないでいる。もうあの人にひと思いにやってもらったほうが良いに決まっている。あの人がどんな人だとしても、あの人のやることと私のやりたいことは同じものなのだから、だからそれで良かったはず……なのに、それなのに、

「まだ居んの？　早く決めろよ」

「！」

音もなく、やっぱりまたこの人は現れた。真っ黒な髪に真っ黒な服装で、気配もなく訪れるこの人は一体何？　この人は誰？　私を急かす目的は？　それがわからないから怖い。……いや、それだけだろうか。なんだかこの人は、やけに怖い。

「？　何だよ。言いたいことがあるなら言えよ」

「…………」

「はっきりしねぇなぁ。いつまでこんな所に居るつもりなんだか。そんなにここが好き？」

「…………」

ここが、好き？　そんな訳がない。好きでこんな所に居る訳じゃない。誰がこんな所、こんなこと、誰が、誰のせいで私はっ、

「わ、私だってこんなこと、本当はやめたい！」

「あ？　やめたいの？」

「でもやるしかないんだもん、仕方ないんだよ！　だってこのままじゃ何も変わらない！　誰も私を見てくれない！　ずっとこのまま生きていくくらいならもう、私はもうっ、」

「死にたい？」

「！」

ハッとした。真っ黒な男の人は今、私の目の前にいる。

「決まったな。だったら手伝ってやるよ」

その人は私の肩に手を置くと、くるりと身体の向きを変えさせて、踏切と私を向かいあわせる。

「遮断機の外に居たって轢かれねぇよ。来る瞬間で入れないんなら、ちゃんと中で待たないとな」

背中を押されて一歩、一歩と前に出る。そこはもう遮断機の内側。

カンカンカンと警報音が鳴り、遮断機が降りてくる。いつもとは違い、私の背後で。ガタガタと身体が震え出す。息が上手く吸えない。鼓動の強さで身体が可笑しくなりそう。カンカンカンと、音が頭にガンガン響く。電車のライトが、遠くに見える。それが段々近づいて来る。

轢かれる。電車に轢かれて、私は死ぬ。このままここで、死んでしまう。死んでしまう……！

咄嗟に後ろへ一歩下がろうとして、遮断機が腰の辺りにぶつかった。もう戻れない、どうしよう。怖い、怖い、怖い！

振り返ると、遮断機を挟んだ後ろ側にぴたりと立つ男がニヤリと笑った。近い距離で目があって、ようやくわかった。彼はずっと私の死を楽しみに待っていたのだ。だって彼は、人じゃない。人間ではない、何か別の、

「大丈夫。ちゃんと押してやるから」

その瞳にはただただ暗い闇がどろりと渦を巻き、私はもう逃げられないのだと悟った。辺りの音が段々大きくなる。ガタンゴトンと速いスピードのまま電車が近付いて来る。足がすくんで全く動かない。身体が震えて立っているのがやっと。怖い、怖い、死んじゃう、殺される、死にたくない！

ドンッ
強い力で背中を押されて、突き飛ばされる様に線路へ飛び出すと、電車はもう目の前だった。もうどうにもならない。ギュッと目を瞑って、衝撃に身構えた。想像を絶する痛みが身体を襲う——っ、

——……こともなく。

「……え？」

無事に通り過ぎて行った電車のあと、何事もなかったかのように遮断機が上がる。

線路のど真ん中に座り込んだままの私はすっかり置き去りで、自分の身体を確認してみても特に何の変わりもなかった。

「え？　なんで？」

なんで何ともないの？　なんで何も起きてないの？

そんなはずはない。だって私は遮断機の内側に居て、電車は間違いなくここを通って、私は今、電車に轢かれて……でも、轢かれていない。私は今、無傷でここに居る。

つまり、電車は私を通り抜けて行った、ということ？

なんで？　なんで私はまだここに……？

「まだ居んの？　おまえ」

上がった遮断機の向こう側で、私を突き飛ばした男は呆れたように言った。

「仕事終わんねぇんだけど。おまえ死にたいんじゃなかったの？　自殺ごっこもこれで終わり。もう満足だろ？」

何を言っているのかわからない。何が起こっているのかわからない。自殺ごっこ？　もう満足？　私は何？　この人は何？

わからない、わからない。もう帰りたい、家に、帰りたい。

……帰ろう。

力の入らない身体でなんとか立ち上がると、元来た道に向かって歩き出す。

「どこ行くの？」

男は以前と同じ様に尋ねてきて、私はぼうっとした頭で、「帰ります」とだけ答える。

「どこへ？」

「……家に」

「帰れんの？」

「？」

帰れる？　帰れるに決まっている。だっていつも帰っていたのだから。今日も駄目だったと家に帰って、またいつもの毎日がやって来て、学校には喧嘩したまま口を利いてくれない友達が居て、お母さんは仕事で忙しいからなかなか相談出来なくて、それで……。

……あれ？　最後にお母さんに会ったの、いつだっけ？　学校に行ったのは？　今日は何をしたんだっけ？　昨日もここに来て、今日もここに来て、で、それ以外は？

私……私は、

「おまえさ、自分が今どうなってるのかわかってないの？」

人間ではない彼は言う。私の自殺を手伝う彼は言う。きっと彼は、全てを知っている。

「……はい。あの、えっと、私はもしかして……」

〝死んでいますか？〟

その一言が、この期に及んで怖くて聞けない。

「結局おまえはどうしたいの？」

そんな私の心境を知ってか知らずか、それを問う彼の態度はとても面倒臭そうだった。

「どう、っていうのは……？」

「死にたいの？　死にたくないの？」

「………」

ストレートなその言葉。死にたい……そう、思っていた。今日までの私はずっと、死にたいと思っていた。

死ななければと、今を変えるにはそれしかないと、その手段に縋ってきた。死んでしまって終わりでも良いし、怪我をして日常から逃げ出す手段になっても良い。それで心配されたら良いなとか、私が居なくなって後悔したら良いのだとか、そんな浅はかな考えで死のうと思っていた。

……そう、浅はかな考えだと、今なら言える。今だからわかる。

「……死にたくなかった」

本当に死んでしまったのだとわかった瞬間、その現実が受け止められなかった。もう私があの家に帰ることはないし、友達と仲直りすることもない。大人になることもないし、お母さんにももう会えない。もう一生名前を呼びあって笑いあうことも、悲しくて慰めあうことも、辛くて支えあうことも、何もない。だって私はひとり、死んでしまったのだから。

誰かの何かの為ではなくて、もっと自分の為に生きれば良かった。そうすればきっと、今よりも自分を好きになることが出来て、自信を持って人と関わることが出来たかもしれない。今の馬鹿な私には想像することも出来なかった色々なことを経験しながら、友達や家族とたくさんの思い出を作って生きていけたら良かったのに。きっとそこには私だけの人生があったはずなのに。それなのに、なんで私には出来なかったのだろう。なんでこんなに弱いのだろう。私は馬鹿だ。馬鹿で、弱くて、情けない人間だ。

会いたい。みんなに会いたい。

お母さんに会いたい。

「じゃあ誓え。死ぬ為にここに来るな。わかったか?」

「……はい」

「一度決めたことは貫けよ。約束だ。もし破る様なことがあれば、次はおまえの意思なんて関係なく処分するからな」

「はい……」

じっと私の奥底を覗き込む様に、真っ黒な彼は言う。もう死んでいるのに何を？とか、そんなことは何も頭の中になかった。とにかく後悔でいっぱいだったから。これ以上の悪いことなどないと思った。またあの日々に戻れるのなら。また生きていくことが出来るのなら。あんなに怖いこと、もう二度としないと誓う。

「想像しろ。おまえの帰る場所は家でも踏切でもない。おまえの身体だ」

「私の身体……」

「目を閉じろ。帰りたいと強く願え」

「………」

言われた通りに目を閉じて、じっと願う。身体に戻りたい、生きたい、死にたくない、お母さんに会いたい――すると、段々頭が重く、眠たく、なってきて――……

「死神との約束は絶対だ、破るなよ」

意識が途切れる間際に、男の言葉が聞こえたように思う。そうか、あの人は死神だったのか……と腑に落ちた所で、ハッと私は目を覚ました。

真っ白な天井に真っ白なシーツ、飾り気のないベッドの上で目が覚めた私の隣には、お母さんの姿があった。帰ってきた。私は私の身体に帰って来ることが出来たのだ。

死んじゃうのかと思ったと、泣きじゃくるお母さんに抱きしめられて一緒に泣いた。どうやら私は家で階段を踏み外し、頭を打って意識のない状態で病院に運ばれたらしい。てっきり踏切で自殺未遂の状態だと思っていたから、ほっとしたのと同時になんだか呆気に取られてしまった。

私は始めから死んでなどいなかったのだ。身体から抜け出た魂のような状態になってなお、あの踏み切りを彷徨っていたのだとすると、起こった出来事全てに納得がいった。

もしあのとき、電車に飛び込み、死ねたのだと満足していたのなら。そのときは本当に死んだものとして、私はこの世を去っていたのかもしれない。あの真っ黒な彼が死神であり、私の魂を片付けることが仕事なのだとしたら、そんな結末を迎えていても可笑しくはなかったはずだ。

でも私は、死ななかった。それはきっと、あの死神が私の決心がつくのを待っていてくれたから。彼の後押しがなければきっと今、私はここに居ない。

カンカンカンカン――

警報音が鳴り響き、遮断機が降りてくる。登校する為に踏切が開くのを待つ生徒達の中に、私の探している姿があった。喧嘩になってからずっと上手くいっていない、あの友達だ。

「お、おはよう！」

緊張と気合いが空回りして、思いのほか大きな声になってしまったけれど、それで正解だった。警報音に負けない私の声は、しっかりとあの子の元へ届いていた。

「……おはよう」

振り返り、目を丸くして私を見つめる彼女が、ポツリと呟くように返してくれた言葉を、私は聞き逃さなかった。遮断機が上がる。人の波が動き出すと、紛れるように彼女はすぐに行ってしまった。けれど、それでも良かった。だって私を見てくれた。返事をしてくれた。今までとは違い、私は一歩踏み出すことが出来たのだ。

雲ひとつない澄み切った青空が目に入る。とても晴れやかな気持ちだった。彼女と私の距離はまだまだ遠いけれど、少しずつ変わっていけたらそれで良い。生きている限り、まだまだたくさん時間はあるのだから。焦らず前を見て進んで行った先に、きっと新しい毎日が広がっていると、今の私は信じている。

ありがとうと、踏切を渡りながら死神の彼へ心の中で呟いた。きっといつか、寿命を全うして満足のいく人生を終えたそのとき、また彼に会えたらいいなと思う。そのときまで私は一歩ずつ、自分の毎日を生きていくのだ。

火、ちょうだい。

天野つばめ

八月十一日十八時三十六分、日の入り時刻を少し過ぎたあたりで夏木家のインターホンが鳴った。今日は、電車で数駅の湖の畔で花火大会が行われる。この家からは市役所の影に隠れて、ギリギリ打ち上げ花火は見えない。

「よっす。元気かよ」

陽衣奈がドアを開けると、八賀夕夜が立っていた。いかにも普段着という緑のTシャツとスウェット姿で、両手にはパンパンになったコンビニの袋を携えている。

「もう晩飯食っただろ？　花火やろうぜ」

ふたつの袋いっぱいに詰められた花火を夕夜は得意げに掲げた。

「好きだろ、花火。途中で色変わるやつ買ってきた」

笑顔の夕夜と対照的に陽衣奈は一切笑うことなくぼそりと返事をする。

「そんなの昔の話でしょ」

夏木陽衣奈と八賀夕夜は幼馴染である。保育園から地元の大学までずっと一緒に育った。家族ぐるみの付き合いをしていたため、お互いの家の夕食の時間ですら把握している。夏木家の夕食はいつも十八時に始まる。陽衣奈の両親と兄は医療従事者である。今日は三人とも夜勤のため、暦どおり今日は休みの公務員の陽衣奈はひとりで軽めの夕食を済ませていた。

どこか浮かない顔をしている陽衣奈は、強引な夕夜に手を引かれて庭へと連れ出される。夕夜は嬉々としてホースでバケツに水を汲んでいる。客人を邪険にするわけにもいかないので、陽衣奈は迷惑だと思いながらも、冷蔵庫からお盆に麦茶を用意した。縁側に置かれたお盆に、ポットとなみなみと麦茶の注がれたガラスのコップがふたつ並び、あっという間に結露がお盆を濡らした。

新品のライターを使い、慣れない手つきで夕夜がろうそくに火をつけた。そのあと、花火にろうそくから火をつけようとするが、その手つきは輪をかけてぎこちない。自分から言い出したのにもかかわらず手際が悪い気まずさをごまかすように、夕夜はへらへらと笑った。

「花火ってさ、最初のろうそくから花火に火をつけるところが一番難しいよな。一回ついちゃえばリレーみたいに、次の花火に火をうつせるけど」

「分かる。小さい頃、みんなで花火したときお父さんも同じこと言ってた」

陽衣奈は少しだけ笑った。陽衣奈の表情が緩んだのを目にした夕夜はいっそう饒舌になる。そうこうしているうちに、花火に火がついた。夕夜はそれを陽衣奈に手渡し、縁側に腰掛けてしゃべりながら花火をする。

「お盆で友達みんな実家に帰ってきてるんだろ？　昼にたまたま駅で会ったけど、あいつら陽衣奈に会いたがってたぞ。行かなくてよかったのかよ、花火大会。毎年行ってただろ」

「別に……夕夜には関係ないじゃん」

陽衣奈はそっぽを向いて、麦茶を飲み干した。手に持っていた花火が消えたタイミングで、麦茶を新たに注ぐ。ひと息ついて心を落ち着けると、新しい花火を取り出した。その間陽衣奈は夕夜と目を合わせなかった。

あまりの気まずさに、夕夜は失言をしたかもしれないと罪悪感を抱く。陽衣奈も言い方がきつくなってしまったことを反省していた。けれども、決定的に悪いことをしたというほどの大事ではない。お互いになんとなく、なかったことにしてしまいたかった。陽衣奈は、何事もなかったかのように夕夜に声をかけた。

「ねえ、火ちょうだい」

陽衣奈は花火を夕夜の方に向かってつきだした。夕夜は、持っている花火の先をその花火に近づける。色とりどりの火花が、陽衣奈の持つ花火に降り注いだ。夕夜はごくりと喉（のど）を鳴らす。

「なんか、エロいな」

「サイッテー。なんで男ってみんなそうなの？　いつまでも中学生みたいに」

陽衣奈は冷ややかな目を向ける。

「えーわかんないかなー。火、もらうのってなんかエロくね？」

「夕夜の感性がおかしいだけ」

陽衣奈はきっぱりと言い放つ。その視線は夕夜の目ではなくTシャツに向いていた。シャツの前面には独特な画風のイラストとともに「グリーンカレーは別腹」の文字が印刷されている。陽衣奈は常日頃から夕夜はいったいどこで服を買っているのだろうと疑問に思っていた。

陽衣奈が夕夜の感性を理解しきれないのは今に始まったことではない。保育園で戦隊ヒーローが流行ったとき、周りの男児が皆レッドに心酔する中、夕夜はイエローが一番かっこいいと主張した。その根拠が、イエローがカレー好きで親近感が湧くからというばかばかしいものだったことに陽衣奈は脱力した。

イエローが俺のテーマカラーだと主張して、身の回りの持ち物をすべて黄色で統一したかと思いきや、六年生になる頃には持ち物を緑色で統一し始めた。ひとつひとつの振る舞いは奇行というほどではないが、積み重なれば夕夜を変わった人だと認識するのも当然のことだった。

「そうかなあ。誰に聞いてもエロいって言うと思うけどなあ」

「エロいって表現はどうにかならないの？　何が悲しくてせっかくの休みの日に馬鹿なこと連呼してる男と花火しなきゃいけないの」

「じゃあ、なんて言えばいいんだよ」

「こういうときはロマンチックって言うの」

「陽衣奈はロマンチックなシチュエーションの相手が俺でいいのかよ」

夕夜の発言に陽衣奈は顔をこわばらせる。一瞬の間のあと、陽衣奈はきっぱりと言い捨てた。

「嫌だけど」

「だろうな」

はあ、とため息をついて夕夜は麦茶を飲み干した。気まずさを掻き消すように、陽衣奈も麦茶を一口飲んだ。

「でも、やっぱり花火重ねるのってキスみたいでエロいじゃん」

「まだその話続けるの？　ドン引きなんですけど」

おちゃらけた口調の夕夜と、呆れた口調の陽衣奈。しかし、陽衣奈は呆れながらも少なからず沈黙を破ってくれた夕夜には感謝していた。

「でも、キスみたいなのはなんかわかるっしょ？」

「確かに、オリンピックの聖火を繋ぐのもトーチキスって言うけど……だとしたら、もっと火って神聖なものでしょ」

「ほら！　昔の人も火を移すのはキスって認識してたってことじゃん。俺の感性が正解だな。やっぱり花火はエロい」

「しつこい。大体、キスなんて保育園児でも普通にするじゃない？」

　陽衣奈と夕夜は二十年ほど前に一度だけキスをしたことがある。それは春先に大雨が降った日の夕方のことだった。キスはどういう関係のふたりがどういうときにする行為なのかお互いに知らないままに行った。それに今日まで言及することはなかったが、その事実ははっきりと記憶に残っている。

「今考えると、保育園のときってなんであんなに大胆だったんだろうなぁ」

　夕夜はひとり言のように呟いた。陽衣奈からの返事はない。またしてもすっかり日が落ちて暗くなった庭に沈黙が流れる。気まずさに耐えかねて、夕夜はわざと明るい声を出した。

「まあ、それはどうでもいいや！　逆に陽衣奈はなんで火をそんなに神格化してるわけ？」

「それは、火ってエネルギーの象徴みたいなものだし、トーチキスは一種の宗教的儀式だし……生命の源って感じがしない？」

「うへえ。陽衣奈は真面目だなあ」

　花火の音が心なしか力強く聞こえた。原色に近い色の炎の星たちが、地面に向かって落ちていく。

「ほら、俺が言ってるのはアレだよ。シガーキス。男が吸ってるタバコから、女が加えてるタバコに火移して吸うヤツ」

「何がいいのか全然分かんないわ。やっぱり趣味悪くない？」

「えー、タバコ咥えたまま火移しって超エロいじゃん。男のロマンだよ、ロマン」

夕夜は花火を持っている手と逆の手で、タバコを吸うジェスチャーをした。

「シガーキスに憧れて、ハタチになって秒でタバコ吸ったらさ、陽衣奈が『臭い！近寄らないで！』とか言うんだもん。ひどいよなあ」

数年前、夕夜は二十歳の誕生日当日に男友達とタバコを吸ったあと、大学で陽衣奈の隣の席で講義を受けた。タバコの臭いは陽衣奈からは大不評で、そのあと夕夜がタバコを吸うことはなかった。

「だって、タバコ大嫌いなんだからしょうがないでしょ。臭いし煙いし、健康にも悪いし。本当にありえない！」

陽衣奈は大袈裟に顔をしかめる。

「でも、センパイはヘビースモーカーじゃん」

夕夜が陽衣奈の地雷を踏んだ。その瞬間、堰を切ったように陽衣奈が泣き出した。

「なんでっ……そういうこと言うの……」

「見てられないんだよ。センパイ結婚するんだろ、もういい加減吹っ切れよ」

陽衣奈は大学時代から、共通の知り合いであるセンパイのことがずっと好きだった。過去に二度告白しているが、いずれも玉砕している。

一度目の告白は花火大会の日。フィナーレの直前に告白し、断られた瞬間緋色の花火が陽衣奈を嘲笑うように打ち上がった。あの瞬間から、大好きだった花火が嫌いになった。

二度目の告白はセンパイの卒業式の日。陽衣奈を振ったあと、センパイは何事もなかったかのように喫煙所で恋人と談笑していた。彼女はあの日の花火と同じ緋色の袴が良く似合う容姿端麗な人だった。

夕夜は陽衣奈がセンパイに告白したことを知らない。しかし、センパイに恋人がいることや陽衣奈がセンパイに長い間片思いしていたことは知っている。先日センパイのＳＮＳには、婚約の報告が載っていた。傷つくだけだとわかっていても、陽衣奈はセンパイのＳＮＳを覗くことをやめられない。今日はその婚約者と花火大会に行くと投稿されていた。

未練のある相手が他の女性と仲睦まじくしている様子を見るのはきっと耐えられない。だから、センパイと会ってしまうかもしれない花火大会には行けない。

「振られても諦められなかった。ずっと好きだった。私じゃセンパイに釣り合わないってわかってるけど、それでも、やっぱり忘れるなんてできない」

「釣り合わないいって、そんな卑下すんなよ。陽衣奈は可愛いって」

「でも、センパイに好きになってもらえないいなら意味ない」

「そんなこと言うなって」

「夕夜には関係ないじゃん」

「関係ある！　陽衣奈が元気ないと、俺が困るんだよ！」

夕夜は声を荒げた。ふたつの花火はいつの間にか消えて、白い煙だけが上がってい
た。

昔似たようなことを言われたことがある。夕夜が張り上げた声に気圧された陽衣奈
は、ぼんやりと思った。いきなり大声をあげたことに対して、夕夜は申し訳なさそう
にしているが、謝るタイミングを見失っていた。陽衣奈もまたどうしていいかわから
ず、ぼそぼそと呟いた。
「夕夜のデリカシーない話を延々と聞いてるよりは、よっぽど花火の方が癒されるん
だけど」
「そうだなー。じゃあ、花火再開するか」
陽衣奈は少し落ち着いたが、まだすすり泣いている。夕夜が最初にろうそくと悪戦

苦闘していたときよりは手際よく花火に火をつけた。

「火、ちょうだい」

「はいよ」

二本の花火の先が重なり、やがて陽衣奈の花火に火が灯った。陽衣奈はクロスするように鮮やかな緋色の火を放ち続ける二本の花火を泣きながらぼーっと見つめている。

無言のまま、隣り合って座ったまま花火を眺めていると、炎の色が赤から黄色に変わった。その瞬間、夕夜が陽衣奈に声をかける。

「陽衣奈、こっち向けよ」

「何？」

陽衣奈が夕夜に顔を向けるや否や、夕夜は陽衣奈にキスをした。静寂の中に、花火のパチパチという音だけが響き続ける。音が徐々に小さくなり、ふたつの花火の眩しさが同時に消えた。燃え残った先端からうっすらと煙が上がる中、夕夜は唇を離した。

陽衣奈は唇をゆっくり二、三回ぱくぱくとさせたあと、小さな声で尋ねた。

「なんで、キスしたの」

嫌だとか、ドキドキするだとか、そういう感情の前に、「なぜ」という気持ちが大きかった。眩暈がするほどに衝撃的な出来事の前に、驚愕以外の全ての感情がいつの間にかどこかへ行ってしまった。

「うーん、俺の元気を分けてあげようかと思って」

夕夜は目をそらして、火の消えた花火をバケツへと投げ入れた。

「なんか、保育園のときに、同じこと、言われたような、気がする」

しゃくりあげながら、陽衣奈は言った。遠い記憶が蘇る。


それはまだ三歳だった春のこと。まるで夏の夕立か秋の台風かというほどの大雨が降った。季節外れの大雨のせいで一部の電車のダイヤが乱れ、陽衣奈と夕夜の母の迎えが遅れた。

外がどんどん暗くなることと、強い風が窓を激しくたたき続けたことも相まって、陽衣奈が不安で泣きだした。それを見るなり夕夜は突然、土砂降りの雨の中外に飛び出して保育士を困らせた。

すぐに捕まって屋内に連れ戻され、どうして外に出たのか質問される。しかし、またも保育士の腕をすり抜けて、一直線に陽衣奈のもとへ駆け寄った。

「陽衣奈、外の雨、全然大したことなかった！　これなら母ちゃんたちすぐ来るぞ！」

夕夜はニコニコと笑いながら報告したが、その姿はずぶ濡れであったため説得力の欠片もなかった。

「来ないもん。ずっと待ってるのに来ないもん」

「来るって！　あと十秒くらいで来るって！　そのときに泣いてたら陽衣奈の母ちゃん心配するだろ。だから元気出せって」

「だって、お外、暗くて、怖いんだもん」

夕夜が励ますも、陽衣奈は泣きやむことはなかった。そこで夕夜は陽衣奈に顔を近づけ、とびっきりいいことを思いついたという様子で語りかける。

「よしっ、じゃあ、陽衣奈、顔上げろ」

激しい雨音に怯えながら、恐る恐る陽衣奈が顔を上げる。すると、夕夜は陽衣奈の唇にキスをした。夕夜の突拍子もない行動に驚いた陽衣奈はポカンとしている。

「俺の元気分けてやったから元気になったな？」

唖然としているだけではあるが、結果として泣きやんだ陽衣奈を見て、夕夜は誇らしげだ。

「よくわかんない」

「じゃあ、これもやるよ。陽衣奈が元気じゃないと俺が困るからな」

曖昧な返事をする陽衣奈に夕夜が雨の中摘んできたばかりの一輪のタンポポを手渡す。幼い陽衣奈にキスの意味はよくわからなかったが、花をプレゼントしてもらえることは明確に嬉しい出来事だった。

「ありがとう、大切にするね」

陽衣奈がようやく笑うと、夕夜もいっそう顔をほころばせた。


夕夜が落ち込んでいる陽衣奈を慰めたのはその一度限りではない。

小学校六年生の一学期、陽衣奈は一番仲が良い女友達と喧嘩をした。陽衣奈はそのことで酷く落ち込んだ。

多少分別がついたため、陽衣奈は保育園の頃のように人目も憚らず泣き喚いたりはしなかった。恋愛や男女の距離感という概念を覚えた夕夜は、陽衣奈にいきなりキスをすることもなかった。

しかし、ひとりでとぼとぼと下校している陽衣奈に夕夜は必死で走って追いつくと、四つ葉のクローバーを手渡した。

「これやるから元気出せよ」

「ありがとう、大切にするね」

陽衣奈は笑って答えた。夕夜にもらった四つ葉のクローバーを御守りに、翌日友達と仲直りすることが出来た。

キスという手段が正しいかどうかはさておき、陽衣奈は夕夜の不器用な優しさに感謝していた。少し感性が変わっていて、後先考えずに行動する一面はあるけれど、昔からずっと思いやりに溢(あふ)れた人だから今日まで付き合いを続けてきたのだと実感する。

「夕夜は変わらないね」

その一言にしびれを切らした夕夜は頭を掻きむしりながら声を張り上げた。

「あー、もう！　ガキの頃と一緒にすんなよ！　いい加減気づけよ！」

その顔は、暗闇の中でもわかるほどに赤らんでいる。花火を重ねる行為にはしゃいでいたときとも、キスの理由をはぐらかしたときともうってかわって真面目な声で陽衣奈に告げる。

「陽衣奈、好きだよ」

強く真っ直ぐな眼差しで、夕夜は陽衣奈を見つめている。初めて見せる「男」の表情に、陽衣奈は夕夜が自分の知っている夕夜ではなくなったような気がした。予想外の言葉に、陽衣奈はまともな返事が出来ない。

「やっぱり、夕夜って趣味悪い」

「悪くねえよ。ずっと陽衣奈のことが好きだった」

陽衣奈は、夕夜の顔を直視していられなくて目と話題を反(そ)らした。

「いつから……？」

「陽衣奈がセンパイのこと好きになるよりずっと前から。俺がセンパイのこと忘れさせてやるから、俺と付き合えよ」

陽衣奈は戸惑った。物心ついたころからずっと一緒にいた夕夜。ヒーローごっこが好きだった夕夜。夏木家と八賀家で花火をした際、花火を振り回して怒られていた夕夜。いつの間にか背が高くなって、大人になった幼馴染に告白された。思いもよらない出来事に、どうしていいかわからない。

一方、夕夜は勢いで思わず告白したが、慌てふためいている陽衣奈を見て徐々に冷静になる。失恋の痛みにつけこむような真似をしてしまったかもしれないと自己嫌悪を覚え、歯切れ悪くフォローした。

「まあ、お試しでもいいから。正式な返事は来年の花火大会までに聞かせてくれればいいからさ」

陽衣奈にとって、夕夜の提案はありがたかった。夕夜を男性として意識したのは、つい先ほどのことである。夕夜は彼氏として「アリ」か「ナシ」かと聞かれても、そんなことはつゆほども考えたことがなかった。寂しさを埋めるように恋人になることを選ぶのも、長年の想いを告げた夕夜を何も考えずに一刀両断にするのも、どちらも不誠実であるような気がした。とにかく、時間がほしい。

「いいの？　待っててくれるの？」

「当たり前だろ。何年も好きだったんだから、一年くらい余裕で待つよ」

夕夜は優しい。不器用だけれど、優しい。今日のようなひとりでいたくない日に、強引に押しかけてきてくれる気遣いが嬉しかった。女の子として肯定されて嬉しかった。夕夜の愛が温かかった。失恋したときとは違う涙があふれる。自分でも、なぜ泣いているのかがわからなかった。

「これは、違うから。煙が、目にしみちゃっただけだから」

「そうだよなあ。煙いから仕方ないよなぁ」

ベタな言い訳を夕夜は肯定した。

「まあ、今日くらいは煙のせいにして泣いてもいいんじゃねえの？　でもさ、煙苦手ならタバコ吸う奴なんてやめて俺にしとけよ」

陽衣奈の手を握って、真剣な眼差しを向ける。陽衣奈は当然のごとく顔を真っ赤にして慌てふためいた。

「えっ、さっき、待っててくれるって言ったのに」

「待ってるとは言ったけど、アプローチしないとは言ってないからな？」

「そんなの、聞いてない」

あたふたとする陽衣奈を見て、思わず夕夜が呟く。

「陽衣奈、可愛い」

陽衣奈は告白されたことはおろか、口説かれた経験すらない。つい数分前まで良い友人だった夕夜に異性として扱われ、完全に思考停止状態だ。

「夕夜、ストップ」

困惑した陽衣奈に止められても、夕夜は陽衣奈から視線を外さない。夕夜は積年の想いを噛みしめていた。

黄色が好きだと言ったのは陽衣奈がタンポポをあげたときに喜んでくれたから。緑が好きになったのは四つ葉のクローバーをあげたときに笑ってくれたから。そのことを陽衣奈は知らない。

「いや、陽衣奈可愛すぎるだろ。よくここまで陽衣奈が好きだって隠しきれたな。俺、もしかして、ポーカーフェイスの天才なんじゃね？」

「なんでいきなりナルシスト発言入るの」

いつもの調子に戻った夕夜に、陽衣奈が苦笑する。陽衣奈の表情を見た夕夜は優しい眼差しを向けた。口調も柔らかくなる。

「うん、やっぱり陽衣奈は笑ってる方が良いよ。その調子で明日からは元気になれよ」

袋から残り少ない花火を取り出して、火をつける。最初よりは大分短い時間で火がついた花火を陽衣奈に手渡した。陽衣奈は、ハンカチで涙を拭ってからそれを受け取る。

「ありがとう。ちょっと元気出たよ」

「じゃあ、もう一回する？」

夕夜が自分の唇を指さして、男らしい表情で笑った。ふたりの間に涼しい風が吹き抜けて、煙たい空気を薙ぎ払う。夕夜の顔がいっそうはっきり見える。冗談のような口調だが、表情はいたって真面目だった。

次にするキスは、子どもの頃の遊びのキスとは違う。困惑する陽衣奈の視界に、手元の花火が入った。空いている手を花火の袋へと伸ばし、花火を一本、夕夜へと手渡した。

「花火でなら、いいよ」

静かな夏の夜、二本の花火がキスをした。お互いの唇の感触がまだ残っているような気がして、心臓の鼓動が早くなった。

夕夜は、次に唇でキスをするときは陽衣奈が笑顔でいてほしいと願った。一方、陽衣奈は、昔から変わらない夕夜の強引さに振り回されっぱなしだと自嘲する。しかしながら、あの悲しいほど真っ赤な花火が上がる来年の花火大会を見に行くのも、夕夜とふたりでならば悪くないと思っている自分に気づいた。

花火大会が終わる時刻になっても、ふたりだけの花火の時間は終わらない。特に何かを話すわけでもないが、沈黙は気まずいものではなくなっていた。陽衣奈が花火を見つめていると、夕夜の腕が視界に入る。昔とは違って随分と男らしく頼もしい腕であることを初めて意識する。いつの間にか大人になった夕夜の横顔を気づけば見つめていた。

夕夜が陽衣奈の視線に気づく。ふたりの目が合った瞬間、二本の花火の色が赤から緑に変わった。

十分間の夏休み

山川陽実子

月曜日

「あれ？　先客」

菜乃は驚いて思わず声を上げた。

零点を取った生徒が自分以外にもいるとは。

暑い日差しの照りつける教室。目の前には、ひとりの男子が制服のシャツの襟を暑そうにぱたぱたしながら座っていた。

高校一年生の菜乃は勉強ができない。一学期の期末テストの数学で見事に零点を取ってしまった。菜乃は夏休みの最初の五日間、強制的に補習を受けさせられることになった。

「おはようございまーす」

菜乃が挨拶すると、その男子はこちらをちらと見てぺこんと無表情のままお辞儀をした。菜乃もにこっと笑ってお辞儀を返す。

「イヤだねー。せっかくの高校最初の夏休みに補習なんて」

菜乃が愚痴を言うと彼は「そうか」と呟いた。どうやら無口な子らしい。

彼の座る机の隣に菜乃は腰をおろした。

「あたし、三組の葉山菜乃。よろしくね」

彼はこくんと頷(うなず)くと「一組、秋山翔太(あきやましょうた)」と細い声で返した。

「山同士でおそろいだね！」

そう笑うと、彼はわずかに微笑(ほほえ)んだ。

笑顔が見られてほっとした。これから一週間一緒に補習を受けるのだから、仲良くなれたほうがいい。

菜乃はリュックから教科書を取り出した。ほぼ使っていないので新品同様だ。隣の机の上を見ると、翔太の教科書も同じような真新しさだった。菜乃は心の中で勝手に仲間意識を持った。

「お、ちゃんと来てるな」

十分ほどすると先生が入ってきた。菜乃は五分前行動のさらに五分前行動を心がけていた。

「じゃあ、教科書の五ページから」

菜乃が隣を見ると、翔太は真剣な眼差しで黒板を見つめていた。

あれ？　意外と真面目(まじめ)な子だな、と菜乃は思った。

でもそれはそのはずだ。もう零点を取らないように今から頑張(がんば)らなければならない。

菜乃は「負けないぞ」と気を引き締めた。

火曜日

「おはよー」

菜乃は今日も補習にやってきた。補習の始まる十分前行動だ。翔太は今日もそれより早く来ていた。

「おはよう」

翔太が真顔で挨拶を返した。相変わらず表情が乏しい。

「ねえねえ、秋山。昨日の補習よくわかった？」

菜乃は実はちんぷんかんぷんだった。家で復習をしようと思ったが、昨日はつい遊びに行ってしまった。さすがに零点はまずかったと思っているので、やる気はある。今日から。

「だいたいわかった」

翔太は手元の教科書をぺらぺらとめくった。新品だった教科書は、昨日教わったページが蛍光ペンできれいにマーカーが引かれていた。

「さっすがー。すごく真面目に聞いてたもんね。もしかして、勉強、好きなの？」

翔太はこくんと頷いた。

「偉いね！　あたしだいきらーい！　って、自慢することじゃないやんかー」

自分で突っ込みを入れると、翔太はわずかにおかしそうに笑った。

――お。けっこう笑うととっつきやすい感じになるじゃん。

「ご覧ください、この美しい教科書。まったく使った形跡（けいせき）がありませんね」

菜乃が真面目な顔をして自分の教科書を見せると、翔太は耐えきれなくなったようで、ぷはっとふきだした。菜乃も一緒になって笑った。

そこでふと菜乃は疑問を持った。翔太の教科書も使った形跡がなかった。勉強が好きだというのに。

「なんで零点取っちゃったの？」

こてんと首を傾げて問うと、翔太はわずかに眉を下げた。

「ちょっと病気で……。一学期はほとんど授業に出られなかった」

「そっかー。それじゃ仕方ないよね」

菜乃はつられて眉を下げる。

――せっかく勉強が好きなのに。

健康体の菜乃にはわからない苦労がきっとあるのだろう。

――かわいそうだなあ。

菜乃は視線を下に落として口をつぐんだ。

「葉山はどこがわかんなかったの？」

菜乃が急に黙り込んでしまったからだろう、翔太は菜乃の手元を覗き込んだ。教科書を見ながら困っているように見えたのかもしれない。

「あ、えっとね。例えば、この問題とか」

菜乃は一番最初の練習問題を指さした。

「ああ、これ。これはここで習った公式をこうして……」

翔太が丁寧に説明をしてくれた。

「あれ、じゃあもしかして、こっちの問題もこれを使えば」

菜乃は別の問題にチャレンジした。

「できた！」

菜乃は自分で自分に拍手をした。

「何これ、パズルみたい。面白い！」

「だよな？　俺もそういうとこが好きなんだ」

そう言いながらこちらに向かって微笑みかけられた。瞬間、心臓がどきんと鳴った気がしたが。

「ん？　騒がしいな。どうした？」

先生が不思議そうに教室に入ってきたので、菜乃は慌てて自分の椅子に腰かけた。

水曜日

「おっはよー」

　今日も真夏の暑さだ。菜乃はハンカチで額をふきふき教室に入る。気の重い補習だが、補習前の十分間、翔太とおしゃべりをするのが楽しくなってきていた。

　菜乃は足取り軽くとことこと翔太の隣に歩いて行き、そして目を見はった。

「――ぴんきーちゃん！」

　翔太はびっくりしたように少しのけぞった。が、菜乃はおかまいなしだ。翔太のペンケースにかぶりつく。

「これ、昨日発売のぴんきーちゃんのキーホルダーだよね！」

　ぴんきーちゃんとは、深夜アニメのうさぎのキャラクターである。菜乃は最近ハマっていて、お小遣いが出たらこのグッズを買おうと思っていた。

「葉山、ぴんきー、好きなのか？」

　きょとんとしながら翔太が首を傾げた。菜乃は興奮した。

「好きもなにも！　今期一押しアニメだよ！　特にぴんきーちゃんは可愛いよ」

「……俺も、ぴんきーが一番好きだな」

「だよねー！　昨日のぴんきーちゃんの活躍、見た？　あれさー」

菜乃は語りに熱が入った。それは、先生が教室にやってくるまで止まることはなかった。

——意外。秋山深夜アニメなんか見てなさそうなのに。

——嬉しいな。

あのキーホルダーを買ったら、絶対にペンケースにつけよう。

そっと隣の机に置かれたペンケースを盗み見る。そして、自分の水色のペンケースを見た。

お揃いにできるのが楽しみで、そして少しくすぐったい気持ちになった。

木曜日

「じゃーん。あたしも買ってきちゃったー」

菜乃は蝉の鳴き声が聞こえる教室に入ると、開口一番そう言い翔太にお揃いのキーホルダーを見せた。

「おはよう。ぴんきーだな」

翔太はうんうんと何度も頷いた。顔は無表情だが、頬が少し紅潮している。きっと趣味が同じ仲間に会えて嬉しいのだ。

「お小遣い、今回だけって言って早めに貰ったんだ。秋山の見てたらすぐ欲しくなっちゃって」

「うん、売り切れる前に買っておいたほうがいい。特に、ぴんきーは可愛いからすぐなくなる可能性が高い」

「だよね。あたしもこれ最後の一個だった。秋山はどこのお店で買ったの？」

「あー」

翔太は少し目を泳がせた。

「俺は用事があって買いに行けなかったから、母親に買ってきてもらった」

「え、いいな。秋山んちのお母さん、理解あるね！」

翔太はこっくりと頷く。キーホルダーを大事そうに触りながら苦笑した。

「うちは、母さんのがオタクだから」

菜乃は手を叩いた。

「何それ、うらやましー！　いいお母さんだね！」

すると翔太は一瞬目を見開いたあと、嬉しそうにゆっくりと口元を綻ばせた。

菜乃はその表情を見て、瞬間頬が熱くなった。なんとなく目を背ける。

「え、えっと。あたしもペンケースにつけるんだー」

菜乃はファスナーの引手にキーホルダーを取り付けた。

「ほら、秋山とお揃いだよ！」

ペンケースを掲げて、にこにことしながら翔太を見上げた。

翔太は一瞬目を見開いたあと、照れくさそうに微笑んだ。

「やっぱり、可愛いよな」

菜乃は「うん！」と同意しようとしたが、なぜか口ごもってしまった。

頬はどんどん熱くなっていく。

――ん？　熱中症かな。やばいぞ。

金曜日

「ひゃー。今日は雨すごいね」

教室に入ると、中では翔太がスポーツタオルで頭をがしがしと拭いているところだった。菜乃もタオルハンカチで袖のあたりをぱたぱたと払った。

今日は補習の最終日だ。やっと明日から自由な夏休みを満喫できる。

そのはずなのだが。

「けっこう濡れたな」

翔太は顔を拭いながらぽそりと呟いた。

――もう、おしゃべりできなくなるのかな。

翔太とはクラスが違う。接点がない。

「そうだねー……」

菜乃の声は自然と小さくなった。

「ん？」

よく聞こえなかったのだろう、わずかに翔太が身を乗り出す。

「うわっ」

急に近くなった距離に、菜乃は必要以上に動揺した。

少し不服そうに翔太は眉を寄せた。

「……そんなに驚かなくても」

そうじゃない、嫌だったんじゃなくて。

焦る菜乃の目に、翔太の髪が目に入った。菜乃は焦った。がしがし拭きすぎたからだろう、ぴょこんと立っている。

「あ！　秋山。頭すごいよ！」

動揺を隠そうと、明るい声でその髪に手を伸ばすと、翔太は勢いよく飛び退いた。

「──触るな」

びくりと菜乃は手を引っ込めた。

──怒られた。

菜乃はだんだん目頭が熱くなってきた。

それを見て、翔太はいつになく慌てた。

「違う。触らないで欲しいのは、そうじゃなくて」

その顔が赤い。

──ん？

菜乃は涙が引っ込んだ。

──もしかして、照れてる？

翔太はそのまま黙り込む。

菜乃もなぜかとても気恥ずかしくなってきて、黙り込んだ。

──何か言ってよ。

いつものように自分から話しかければいいのだが、何を言ったらいいのかわからなくなってしまった。

──あたし、今まで何しゃべってたっけ？

気まずい沈黙がふたりの間に流れた。菜乃は「雨すごーい」とわざとらしく大声を出し、目を窓の外に逸らした。

「よーし、補習これで終わりだぞ」

先生が解放の宣言をした。

「ばんざーい！」

菜乃は椅子に座ったまま思わず万歳(ばんざい)をする。

隣をそっと窺うと、翔太は相変わらず真面目な顔をして前を向いていた。

先生が菜乃のほうに歩いてくる。

「ひとりなのによく頑張ったな」

「はい！　……え？」

菜乃はその言葉に違和感を覚えた。先生は上機嫌で黒板のほうに戻っていく。

「ひとり？」

菜乃は口の中で繰り返す。

──ひとりじゃないよ。だって隣に。

菜乃はぎくりと体が硬直する。そして、ひとつの予感を覚えて、そっと隣を見た。

そこには、翔太の姿はなかった。

雨の音だけが、菜乃の耳に響いた。

月曜日

よく晴れている。補習が終わったあとの土日は雨が強かったが、今日は日差しが痛いくらいだ。

菜乃は補習の教室に向かっていた。

補習はもうないのだが。

――馬鹿だなあ。

教室に行けば、また彼に会えるような気がして。

――幽霊だったんだ。

菜乃は翔太との会話を思い出す。

病気で学校に来られなかったこと。キーホルダーを買いに行けなかったこと。触ろうとしたら拒否されたこと。

そのどれもが、彼がこの世の者ではないと証明していたと思った。

――もう、会えないのに。

目尻に涙が浮かんでくる。

――楽しかったのに。一緒にいられて嬉しかったのに。

菜乃は暗い気持ちで教室のドアを開けた。

「え？」

そこには、彼がいた。

菜乃に気づくと、驚いたように目を見開き、そして嬉しそうにわずかに口元を綻ばせた。

「秋山！」

菜乃は駆け寄ろうとしたが、足が動かなかった。

——きっと、辛くなる。

彼は幽霊なのだ。これ以上一緒にいたら、離れたくなくなってしまう。

「びっくりした。なんで来てるんだ。葉山、もう補習はないよ」

真顔で翔太が指摘する。

「……それはこっちの台詞だよ」

菜乃は泣きたいのを堪えて、言葉を絞り出した。

「なんで来てるの!?　幽霊なのに！」

叫ぶと、涙も止まらなくなった。

——もっと会いたいって思っちゃうじゃん！

菜乃は涙を止めることを諦めて、声を上げて泣いた。

——もう会えない人なのに。

——好きになっちゃいけない人なのに。

——もう、好きになっちゃったじゃん。

「——幽霊？」

翔太は眉を寄せた。そして、はっと気づいたように口を開けた。

「俺、生きてるよ？」

「——は？」

菜乃は間抜けな声を出した。しゃくりあげながら、菜乃は翔太を見つめた。翔太は戸惑ったような表情でこちらを見ている。

「一学期の終わりに手術が成功して、今日退院した。二学期からは普通に学校に通えることになったんだけど」

翔太は焦っているような声で説明する。

「——待ちきれなくて、幽体離脱して補習受けてた」

菜乃の中で時が止まった。

幽体離脱とか、ありえる？　いやそれを言ったら幽霊だってありえないかもだけど！

「だ、だって幽霊だから触れない……」

まだ信じられなくて口をぱくぱくさせる。

「だから生きてるって」

翔太は怒ったように頬を染めると、手を伸ばしてくる。

「ほら」

「わっ」

目元の涙を拭ってくれた指は、確かに温かかった。

ソーダ水の泡に映るヒーロー

木戸ここな

トンネルに入ると外が黒一色になった。電車の出入り口付近に立ってぼんやりと窓から景色を眺めていた美優は、ガラスに反射した自分の顔が突然目に入ったことではっとする。咄嗟に前髪に触れながら、映った自分を意識した。

ガラスに映りこむ自分は中学生だったあの頃と違うはずだ。少しでも大人っぽく見られたくて背筋が自然に伸びた。

高校生に成長した自分の姿を確かめているうちにトンネルを抜け、一瞬で暗闇が吹き飛ばされた。再び現れた外の明るい世界に目を細める。

『大丈夫、自分は大人になった』と心の中で言い聞かせ、気を詰めて流れる景色を見ていた。花が咲き始めた桜の木が目につくと、不思議と落ち着いてふっと息が漏れた。もうすぐだ。やっとまた史也に会える。中学生のときからずっと好きな人。

あの頃は高校二年生だった史也が、中学に入ったばかりの美優にはとても大人に見えた。頼りになってヒーローのごとくかっこよかったと美優の記憶にいつまでも残っていた。

しばらく良い関係が続いていたけど、あるときから会えない日が続き、そのうち連絡も途絶えてしまった。このまま疎遠になってしまうのかと諦めていたところ、高校一年が終わった春休みになってとうとう史也から会いたいとメールが入ったのだ。今日がその約束の日だ。

早く会いたいと美優の胸はドキドキと高鳴る一方で、久しぶりの再会に緊張もしてしまう。電車が駅に着いてドアが開くと、美優は服の胸元に触れながらぎこちなく降りていた。

会うことが嬉しいのにどこか怖いとも思える。入り乱れる複雑な感情は、一方的に美優が思いを募らせているからだ。

史也は高校生になった美優を見てどう思うだろう。この日のために精一杯お洒落もしてきた。少しでも史也に釣り合う女性になろうと美優は一生懸命背伸びする。

何度も深く息を吸って吐いて気持ちを落ち着かせ、覚悟を決めたところで史也の姿を求めて美優は待ち合わせの駅前広場へと足を急がせた。

しばらく会っていなくても史也が居ればすぐに見分けがつく自信があった。少し大人びた顔を想像しながら胸を弾ませて辺りを見回した。だけど史也は見当たらなかった。

「まだ来てないのかな」と小さく呟いたそのとき、美優をそわそわしながら見つめている白髪頭の男性の存在に気がついた。美優と目があうと恐る恐る近づいて、申し訳なさそうに声を掛けてきた。

「美優……さん……ですね」

名前を呼ばれて美優は戸惑う。でもよく見れば、史也に似て親しみのある顔だった。

その男性は美優をじっと見つめ小さな声で名乗った。

「史也……の兄です」

「あっ」

美優の声が漏れると同時に思い出した。

『僕にはまだ会ったことのない歳が離れた兄がいるんだ。その人はきっと僕と似ているはずだ』

知り合ってしばらくしたあと、史也が教えてくれた。

史也の家庭が複雑で、何かの事情があって兄弟離れて暮らしていたのだろう。はっきりとした理由を美優は訊かなかった。史也があまり兄について訊かれたくなさそうだったからだ。でもなぜ兄が来ているのだろう。美優は半信半疑に軽く頭を下げて挨拶した。

史也の兄は口を震わせながら、経緯をどう説明していいのか迷っていた。その仕草を不審に思いながら、美優は浮かない顔をして相手が話し出すまで様子を窺う。

しばらくふたりは無言でお互いを落ち着かなく見ていた。

「た、立ち話も何ですから、喫茶店に入りませんか？」

かなり痩せ細っているせいか、無理に笑った顔に皺がくっきりと刻まれる。

「あの、史也さんはどうされたんでしょうか」

「史也は……」

そこまで言うと、史也の兄は目を潤ませた。それは美優を不安にさせる。

ふたりの周りだけに漂う違和感のある空気。ちらりと視線を向けて通り過ぎる人達。ただ突っ立っているふたりには居心地悪く、益々気まずくなっていった。だけど既視感を覚える。

それは兄の姿がどこか史也と重なってしまったからだった。そう思うと、当時史也と出会ったときのことを美優は思い出す。


美優が中学に入学し、周りに馴染めず戸惑いを感じていた頃だった。

「君は無理をしているね」

学校の帰り、友達と別れてみんなが見えなくなったあと、美優がため息を吐いていたところをすれ違った史也が呟いた。

「あなたには関係ないでしょ」と言いたい気持ちを美優は抑え、史也に振り返った。せめてきつく睨んで嫌な顔をしてやらないと気がすまない。

史也はそれを待っていたかのようにすでに立ち止まって美優を見ていた。意表をつかれ美優はドキッとしてしまう。

見知らぬ男の人。無視をして走り去ればいいものを美優は史也と向きあう。目があって優しく微笑む史也を前にして、逃げるという選択を美優は思いつかなかった。

一度お互い見つめあうと美優は史也の前から動けなかった。史也も声をかけながら結局自分が何をしたかったのかわからず気まずい。でも腹をくって美優にはっきり言った。

「君の友達が不良っぽく見えて、そこにおとなしそうな君がいるのがアンバランスだったんだ。つい口をついて出てすまなかった」

史也が踵を返そうとすると美優は「待って」と呼び止めた。

「あの、そのとおりです。私、本当はあの女の子たちと一緒に居たくないんです。でも今更グループを抜けられなくて……」

抑えていた感情が溢れる。美優の目からじわりと涙が滲んできた。

「よかったらハンカチ貸そうか」

史也は美優の気持ちを真正面から受け止める。

「いえ、持ってます」

美優はセーラー服の胸のポケットからハンカチを出して目にあてた。美優が恥ずかしく思っていると、史也はゆっくり近づいてきた。

「僕が泣かしてしまったね」

「いえ、そんなこと」

「お詫びに、気の済むまで話を聞くよ」

美優はびっくりするも、初対面だというのに史也の気遣いに甘えたくなってしまう。史也の笑顔に抗えなかった。それに釣られつい学校での愚痴を話し出す。史也は親身になって聞いて、どうすればいいか一緒に考えてくれた。

それだけで心が軽くなって美優は救われた。史也の存在で一気に目の前が明るくなって世界が違って見えるほどだった。

「あの、また会えますか？」

帰り際に美優は勇気を出して訊いた。

「うん、もちろん」

史也の笑顔が返って来たとき、桜色のような恋心が美優に芽生えていた。


史也と出会ったきっかけを、テーブルに置かれたクリームソーダに視線を落としながら史也の兄に美優は話していた。

史也の兄に連れられて赴くままに入ってしまった昔ながらの地元の喫茶店。以前史也と入ったこともある場所だった。

コーヒーの香りがゆったりと漂う中、史也のことを話すと自分の中の時間が巻き戻っていく。涙がじわっと溢れ、それをハンカチで押さえ嗚咽しそうになるのを堪える。

「突然のことで、悲しい思いをさせてすみません」

史也の兄は謝る。

「いえ、お兄さんが謝ることはないです。知らせてもらえて有難かったです」

「でも私は嘘をついてしまいました。あたかも自分が史也だと偽って美優さんを呼び出してしまった。私もどうやって伝えればいいのかわからなくて……」

史也の兄は美優を恐る恐る見つめる。

「いえ、それは構いません。こうやってお兄さんにも私が知っている史也さんのことをお話できて却ってよかったです。お兄さんも本当にお辛いことでしょう」

「そうですね。史也と私は事情がありましたから、お互い顔をあわせることは最近まであまりなかったですし、史也も私とあまり会いたくなかったと思います。でも私にとって史也は大切な存在でした」

史也の兄もまた目に涙が溜まっていく。こぼすまいと必死に我慢して身体を震わせていた。

「史也さんは何かに悩んでいたんでしょうか」

「史也にしかわからない理由をかなり胸に秘めて悩んでいたと思います。でも必死に踏ん張って、有りのままの自分を受けいれようとしていました。とても不安定な日々を過ごしていたけども、美優さんと出会ってからは楽しかったのか、可愛い妹が出来て構わずにはいられなかったみたいです」

「妹……ですか」

美優はその言葉が気に食わない。お互いの気持ちをはっきり言ったことはなかったけど、知り合って史也が大学に入るまでの二年間は頻繁に会っていたし、どこかで気持ちが通じあっていると信じていた。

史也が大学に入った辺りから思うように会えなくなって、その後はメールやラインだけで繋がる日々だった。

美優も中学三年で受験を控えて勉強に忙しくなったけど、史也もまた遠く離れた大学へ行ってしまい、そこでひとり暮らしを始めてから滅多に地元に戻ってこなかった。

自分が大人になれば史也を追いかけられる。そればかり考え、美優は受験勉強を頑張りやっと高校生になれて喜んでいた。これで少しは史也に近づいた。高校生になった自分を見てほしいと美優は史也に何度も連絡を入れていた。だけど、それについての返事は中々もらえなかった。そしていつの間にか史也からの連絡も途絶えてしまった。

もしかしたら史也には彼女ができてしまったのかもしれない。それを恐れていたとき、やっと史也から会おうとメールが来て喜んだのに、それは史也の兄が弟のスマホを操作したものだった。

史也の兄もどう伝えていいのか悩んだ挙句のことに違いない。それはあまりにも衝撃的なことだからだ。

史也が自殺した――と史也の兄からその事実を知らされたとき、美優は自分が夢の中にいるようで、それが現実だと受け止められなかった。嘘だと信じたくない。

でも史也の兄の苦しそうな表情を目の当たりにすると、自分ひとりだけ否定し続けるのは却って失礼なように思えた。

悲しいけれど落ち着きを取り戻して、自分が知っている史也のことを兄にできる限り話そうと心を決めた。美優は史也が好きだったことも伝えたかったのに、妹と思われていたことにショックを受けた。それが顔に出ていたのだろう。史也の兄は美優を宥める。

「妹と思ったのは、美優さんがあまりにも可愛かったからだと思います。守るものができたことで、自分がしっかりしなければと思ったんです。そこに美優さんに好かれたいという気持ちもあったはずです。でも……」

そこで史也の兄は少し黙った。

「でも、何でしょう?」

美優は催促する。史也が自分をどう思っていたのか知りたかった。

「史也は美優さんにどう思われるのか恐れていたんでしょうね」

「そんな……史也はとても優しくて本当にかっこよかったです！」

ずっと史也の名前をさんづけしていたのに、美優は感情が先走り呼び捨てにしてしまう。史也の兄も呼び捨てに気づき少しはっとするも、美優から視線を逸らした。

「しかし史也は自分の容姿には自信がなかったかもしれません」

史也の兄に言われて、美優はふと思い出す。

「そういえば、鏡を見るのを嫌がっていたような気がします。もしかしてそういう病気だったんですか？」

自分の顔が醜いと思い込む醜形恐怖症というのを聞いたことがある。

史也の兄は言葉につまり、肯定も否定もしなかった。そこにあまり言いたくない自殺の原因があるようにも思えた。

「高校生の史也は美優さんにとってかっこよく見えても、その後、容姿が変わったかもしれません。それに美優さんと離れているうちに他の人を好きになっていたかもしれない。美優さんの知らない史也だったと考えてみて下さい。それでも史也がかっこいいと思えますか？」

今度は美優が言葉に詰まった。史也の兄は何かを遠まわしに知らせようとしているのだろうか。でも自分の知らない史也を知るのが怖くなる。

「史也に何があったか私にはわかりません。でも私の中ではどんなことがあっても史也はずっと私の知っている史也のままです」

史也の兄の目を見て美優は訴えた。史也の名前にさんづけをしなくなった美優。そこに史也に対する美優の特別な思いが感じられた。史也の兄は揺るぎなく美優に見つめられ動揺していた。

「すみません。私が訊くことではありませんでした。とにかく美優さんのことを、史也が大切に思っていたのは確かなことです」

落ち着かず手持ち無沙汰で、史也の兄はコーヒーカップを手に取り、ぬるくなってしまったコーヒーを静かに喉に流し込んだ。血が繋がっている兄の姿は史也と重なった。その様子を美優は寂しく見つめる。つい我慢できなくて思いが口をつく。

「私は史也のことが……」

美優が言いかけたとき、史也の兄はカップをソーサーに置いた。その音が意外にも強く響いて美優の言葉を遮った。

「美優さん、今まで史也と仲良くして下さってありがとうございました。美優さんはもう自由です。この先、自分のしたいことや夢に向かって羽ばたいて下さい。史也もきっとそう望んでいることでしょう」

これで終わり？　あまりにもあっけなくて美優は物足りない。

「もしかして史也はお兄さんに、私のことを何か話していませんでしたか？　だからそれを伝えに来られたのでは？」

美優にはどうしても聞きたい言葉があった。それを期待して様子を探る。慰めでもいい。史也が自分と同じ気持ちでいたことを最後に言ってほしい。

「美優さんを呼び出すために私が弟のふりをしたことは謝ります。史也から美優さんの存在を聞いておりましたので、美優さんのためにも史也のことを会って伝えるべきだと思いました。私も悩んだのですが、こんな方法しか思いつかなくて。それに私もあなたに一度会ってみたかった……」

史也の兄は美優の反応を気にして、頼りなく薄く笑みを浮かべた。

それは却って美優をがっかりさせた。興味本位で自分を見に来た兄からは、史也の気持ちを聞き出せないと悟ってしまう。

「そうですか」

ふと彼から目を逸らし、少し不満が現れる。

それが伝わったのか、史也の兄も意気消沈したようにうなだれた。

美優にはそれ以上どうすることもできなかった。史也の兄に自分の気持ちを言っても仕方ないし、史也の言葉を兄の口から聞くこともできない。

自殺の原因も史也にしかきっとわからないのだろう。何を訊いても史也は美優の元には戻ってこない。それを受け入れると悔しくなり、俯いて身体が震えてしまう。

「美優……さん……」

史也の兄が小さく呼びかける。

美優が見れば彼は目に涙を溜めていた。そうだった、悲しいのは自分だけじゃなかったと思い知らされた。我に返ると史也の兄に対して申し訳なくなってしまう。

「はい……」

美優は自分に会いに来てくれた史也の兄に感謝すべきだと向き合い、しっかりと彼を見つめた。

史也の兄は何かを言おうとして口元を震わせるが声が伴わない。またもしかしてと、美優は仄かな期待を抱いて彼の言葉を待っていた。

美優に真っ直ぐに見つめられ、史也の兄の瞳は揺れ動きしばらく葛藤していた。

「す、すみません。どのようにお礼を言うべきか考えていたら言葉がうまく出てこなくて。えっと、どうもありがとうございました。どうかお幸せになって下さい」

史也の兄はテーブルの伝票を手にし、そして勢いをつけて立ち上がる。

「あっ、あの」

美優が何かを言う前に史也の兄は「さようなら」と去っていく。

美優は咄嗟に手を伸ばすが、椅子からは立ち上がれなかった。追いかけても無意味な気がしたからだ。

　出入り口付近のレジで紙幣を置き、お釣りはいらないと素早く出て行く史也の兄。

「ありがとうございます」と店主の声が聞こえたときには、すでに外に出て店内から消えていた。ひとり残されたテーブルで、史也の兄が使用したコーヒーカップを美優は見つめる。

「お兄さんの名前、そういえば訊いてなかった」

　でも知らなくてもいいのだろう。今後、会うこともなさそうだと美優は思う。

　何もかも虚しくて悲痛な思いに美優はしばらく動けない。まるで時が止まったようだ。美優の思い出の中の史也も永遠に封印された。美優が大人になっても史也はいつまでも出会ったときの姿のままに。

　溶けかけたクリームソーダをストローで吸った。ごくっと飲み込む喉の奥で冷たく泡が弾ける。痛みにも似たその刺激が、このときになってシュワッと消えゆく自分の恋のようだと思えた。

　そんなこと以前は思わなかったのに――。

　クリームソーダが喉に流れていく度、美優は目を潤わせて史也の笑顔を思い浮かべていた。

史也が美優と初めて喫茶店に入ったとき、美優は子供に思われたくなくて無理をしてホットコーヒーを頼んでしまった。美優が注文したあと、史也はわざとクリームソーダを頼む。美優の驚く顔が史也には面白かった。

飲み物がそれぞれテーブルに運ばれてくると、史也はお互いの注文を交換した。

「本当はこっちのほうが好きだろう?」

美優は恥ずかしそうにしながら、素直に「うん」と返事して嬉しそうにクリームソーダにストローを差し込んで飲んでいた。炭酸に喉を締めつけられ顔を一瞬歪ませる。それでも美味しいと美優は笑顔を史也に向けた。そんな些細なことが幸せだった。

喫茶店のテーブルの上に乗っていた飲み物はあのときと同じでも、それらを囲んでいたふたりは全く同じにはならなかった。

「美優、嘘を信じてくれてありがとう」

史也は街の喧騒の中で呟く。

ふと目に入るショーウインドウに映る白髪頭の年取った自分の姿。一体何歳に思われたのだろう。これでもまだ二十歳だと言っても誰も信じないだろう。

喫茶店から逃げるように飛び出したあと、史也は悲痛な思いに息苦しく胸が張り裂けそうになっていた。

久しぶりに会った高校生の美優は驚くほど美しくなっていたのに、史也は対照的にやつれて老いぼれていた。それは人よりも早く年を取ってしまう病のせいだった。もしかしたら、美優は自分に気づくかもしれない。それが怖いことでもあり、どこかで微かな期待も抱いていた。史也のままで呼び出し、あとは運を天に任せた。

待ち合わせの場所で自分を探す美優を見て、自分に目が留まらないのを知ると、すでに『史也』はこの世から消えたと悟った。それはとても辛かったけど、美優に別れを告げる決心がついた。

兄に成りすますことで史也は美優の前から永遠に消えた。史也はそれを自殺と表現した。

かつて美優と入った喫茶店にもう一度入れば、美優はクリームソーダを迷わず注文した。史也もホットコーヒーを頼んだのはあのときの思い出に習ってのことだ。

美優が話した史也との出会い。

年老いた史也も懐かしく聞いていた。時々、あのときはこうだったと一緒になって話してしまいそうになるのをぐっと堪えていた。

あのとき史也が美優に声をかけたのは、史也こそ誰かに救いを求めていたからかもしれない。もし声をかけたらこの子はどうするだろう。だから振り向いてくれたのは嬉しかった。あとは成り行きだ。

年相応の姿の自分に接してくれる美優。頼られることで自分を保つことができた。

楽しく過ごすことで病気のことを忘れられた。

　美優が自分を好いてくれるのが分かっていたし、史也もまた美優のことが好きだった。

　でも年老いた兄が史也の中にいていつかはすり替わってしまう。美優と一緒に過ごせば過ごすほど、鏡を見るのを恐れた。

「最近疲れているみたいな顔だね。あっ、ここに白髪がある」

　美優に言われたとき、若さを維持する時間が少ないと感じた。

「高校生活も最後で、色々とあるんだ。それに来年大学受験だからね」

「だったら、私に会わなくていいよ。勉強して」

「大丈夫だよ。美優に会うことも大切だから」

　いずれ隠し切れないときが来る。わかっていたから高校生の間だけは美優と過ごす時間をできるだけ作った。

　大学に通うようになると、老いが著しく出てきた。離れたことでなかなか会えなくなって、その間に老け込んで史也は美優に会うのを恐れた。

　何度も正直に言おうと思ったけど、言えば美優に心配をかける。実家に帰ったとき、両親ですら驚いて嘆くような姿だ。美優が耐えられるわけがない。

　偶然、友達と一緒に居る美優の姿を街で見かければ、そこには美優と年相応の男の

子達もいて楽しそうにしていた。その無邪気さを見たとたん、無意識に拳を握ってい
た。
嫉妬でいたたまれなくなって咄嗟に身を隠し、その場から逃げてしまう。とても自
分が情けなかった。
それからすっかり老け込んで今度は自分の命が短くなっていくのを感じると、無償
に美優に会いたくなってしまった。
嘘をつき史也としてではなかったけど、美優と会うことができてこれでよかったと
思う。
「僕は思い出の中で君のヒーローでいたい」
史也はショーウインドウに映る姿を尻目にため息をついて歩いていく。その姿はや
がて街を行き交う人の中にまぎれて見えなくなった。
そして史也の恋は誰にも告げられず心の中で無数の泡となろうとしていた。

ツナグ傘屋

遊野煌

雨の音はまるで、心の音を聴くようだ。

シトシトと聞こえる声に小さく心を震わせながら、仄かな優しさに想いを馳せ、やがて雷を伴いながらやって来る試練に強く心を揺さぶられたり、降り注ぐ雨に心ごと満たされたり。雨は誰かと誰かの心を見えない糸で繋いで、見えない絆を手繰り寄せていく。心の糸と心の糸が、雨音とほんの一瞬重なり合って奇跡はおこる。

「では行って参ります」

返事をすることのない和室の箪笥の上に飾られた笑顔の母の写真に向かって、真野梅香は声をかけた。

「もう降ってきたのね……」

――今年の梅雨入りは早いらしい。

ポツリポツリと降り出した雨空を眺めると、梅香はお気に入りの鮮やかな梅の花が描かれた紅い和傘を広げた。そして唐草紋様の小紋を身に纏い、雨草履の独特の音を鳴らしながら仕事場へと歩いて行く。

梅香の店は駅へと続く大通りから見える細い路地の突き当りにある。木製の小さな看板がちょこんと置いてあるだけの仕事場兼店舗だ。この場所は和傘作りの技術と共に母から引き継いだ梅香の大切な宝物だ。

梅香の死んだ母は生粋の和傘職人だった。和傘を構成するひとつひとつのパーツを細部まですべて手作りにこだわり、和傘の表面のデザインも一からデザイン画をおこす徹底ぶりだった。また母のこだわりは、着る物や食べ物にまで及んだ。母は生涯洋服を着ることなく、着物をこの上なく愛し、食するのはもっぱら和食だった。

『梅香、日本人は和の心を忘れてはいけないの』

この言葉が母の口ぐせだった。だから母の作った和傘のデザインはすべて和柄だ。四季折々の花や植物は勿論、幾何学模様、水玉模様、扇や想像上の動物、龍や鳳凰など多岐にわたる和柄模様について母は独学で勉強し、知り合いの染物工房で修行したあとに独立したそうだ。母は本当に和傘にすべてを捧げていた。和傘の枠に使用する良い竹があると聞けば、どんなに遠くの場所でも何日でもかけて仕入れに行くような、根っからの職人気質の母が梅香の誇りだった。

ふと中庭を見れば、梅の木に青々と瑞々しい葉が生い茂り、ころんとした黄緑色の果実がたわわに実っている。この梅の木も母は大好きだった、私の名前につけるくらいに。

キィと古びた木製の扉が心地良い音と共に開くと、今日、一番目のお客様がやって来た。

「いらっしゃいませ。ようこそ、ツナグ傘屋へ」

梅香は木製の丸椅子から立ち上がると、軽くお辞儀をした。

お客様はグレーのワンピースに黒い雨用パンプスを履かれた、五十代程の所々白髪の混じる黒髪の女性だった。女性は、扉の前に立ち少し濡れた肩をハンカチで拭っている。

「急に降り出しましたね」

梅香が話しかけると、女性は微笑み返した。

「今年は、梅雨入りが早いですね……傘を持っていないときに限って、降られてしまって」

「大丈夫ですか？」

梅香は女性の濡れた肩を見ながら、手元のタオルを引き寄せた。

「お気遣いなく。私、元々この雨の降る時期が好きなので」

「私もです。雨の日に和傘を使うと、素敵なご縁を引き寄せるそうですよ」

梅香がにこりと微笑み、そう言葉を返すと店内の色とりどりの美しいデザインの和傘に食い入るように魅入っていた女性は、梅香を興味深そうに見た。

「あの、ご縁を引き寄せるのですか？」

「えぇ。亡くなった母がそう言っておりました。雨は空からの贈り物で、和傘を持つ人に不思議なご縁を引き寄せるらしいです」

梅香の笑顔に自然と女性も目尻に皺を寄せて笑う。

「ご縁を引き寄せてくださるなんて……ぜひ頂きたいです。でも綺麗な和傘ばかりで正直悩んでしまいますね」

「ありがとうございます、ごゆっくりご覧ください」

女性は店内をぐるりと見渡しながらじっくり眺めると、右奥に吊り下げてある和傘を指差した。

「あの傘、見せて頂けますか？」

「どうぞ」

梅香から和傘を受け取ると女性は姿見を見ながら、そっと和傘を開けた。淡く色づいた紫陽花の花が天井をさっと彩る。

「まぁ、きれい」

「ピンクの紫陽花の花言葉は、『強い愛情』です」

女性は少しだけ目を見開くと、にこりと笑った。

「素敵な花言葉ですね。これを頂きます」

「有難う御座います。良いご縁が引き寄せられることを願っております」

梅香は、丁寧にお辞儀をすると、お会計を終えた女性を見送った。

（まだお若いのに……とても感じの良い人だったわ）

私は、『ツナグ傘屋』で買ったばかりの紫陽花の和傘を差しながら、足取り軽くバス停へと向かっていた。時々、和傘にあたる雨音に耳を傾けようと上を向けば、ピンク色の紫陽花がまるであの子の笑顔かのように私に笑いかけてくれているようだ。駅からバス停に向かっていた途中、急に降り出した雨に困り、傘を買おうとして偶然見つけたのが先程の『ツナグ傘屋』だった。自宅に忘れてきた傘もビニールのものしか持っていなかった私は、不思議な力に引き寄せられるように気づけばその傘屋に入っていた。

（『ツナグ傘屋』の店主は、あの子より、少し年上くらいかしら）

私は紫陽花の花を見上げながら、もう十年以上会っていない自分の娘のことを思い出していた。綺麗な丸い黒い瞳に、左目の下の小さなホクロ。笑えば、片側だけに浮き出るえくぼ。今頃あの子はどこで何をしているのだろうか。泣いてないだろうか、毎日笑ってくれているだろうか。

――あいたい。

俯きかけた私は、和傘ごと雨空を見上げた。

あの子が産まれたのも雨の日だった。まるで、空から贈り物を貰ったような気持ちで生まれたばかりのあの子を抱きながら、窓の外から聞こえてくる雨音に耳を澄ませていたことを思い出す。

もうずっと会えていないが、それでも一日たりとも忘れたことのない、私のたったひとりの大切な娘。

（あら？）

予定より遅れてバス停に着くと、この雨のせいでバスも遅れているようだった。私は和傘を畳むと簡素なベンチに腰掛ける。隣を見れば、学生服姿の女の子が雨空を眺めながら座っていた。長い黒髪に大きめの瞳が思わず娘の面影と重なり息を呑んだ。

あの『ツナグ傘屋』の店主からご縁の話を聞いたからかもしれない。あの子に会えなくてもこうやって雨の日に娘と重なる子と出会えただけで、私の心はぽかぽかと温かくなっていくのを感じた。

女の子は、今どきの子にしては珍しくスマホをいじる訳でも音楽を聴く訳でもない。ただひたすら灰色の空から降り続く雨を眺めている。

そして聞こえてきたエンジン音に視線を移せば、十五分遅れでようやくバスがやってきた。ここの路線バスは二本しかないが、私の待っている一番バスではない。私と女の子の目の前に停まった二番バスはすぐにとおり過ぎていく。ちらりと隣の女の子を見遣ればバスを見る気配はない。そのとき、私はふと女の子の手元が気になった。

（もしかして……？）

さらに十分後、遅れて一番バスがやって来る。案の定やはり女の子が乗る気配はない。私は思い切って女の子に声をかけた。

「良かったらどうぞ」


「えっ？」

アタシは、驚いて膝の上の学生鞄を落っことした。アタシのあとからバス停に来た五十代程の女性が、綺麗な和傘をアタシに差し出したからだ。

「あ、ごめんなさい、驚かせてしまって」

女性は申し訳なさそうな顔をしている。

「あっ、いえ、大丈夫です」

アタシは慌てて学生鞄を拾い上げた。

「あの……雨宿りしてたんでしょう？」

「えと……いや、でも大丈夫です。特に急いでないし」

「この雨じゃなかなか止みそうもないですし、私の家はバスを降りてすぐなので」

女性はアタシと目と目を合わせると、にこりと微笑んだ。その優しい笑顔に咄嗟にあの人を思い出す。

「でも……こんな綺麗な傘」

「あなたに風邪を引いてほしくないの」

アタシが躊躇っている間に女性は和傘を手渡しながら、アタシの掌をそっと握りしめた。

「ご縁を引き寄せますように……じゃあね」

「あ……あのっ」

立ち上がって女性の後ろ姿に向かって小さく声を発したときにはバスの扉は閉まり、走り出したバスの窓越しに女性が小さく手を振っていた。アタシはバスを見送ると、再びベンチに座り手渡された和傘をしげしげと眺めた。竹枠で出来ていて淡いピンクを基調とした、とても綺麗な和傘だ。

「素敵な傘だな……」

アタシはバスなんて待ってなかった。雨宿りが出来て家に帰るまでの時間つぶしが出来たらどこでもよかった。うちは両親が共働きで家に帰っても誰も居ない。きょうだいもいない。暗い家でひとり、コンビニ弁当を食べるのがどうしようもなく嫌で、バスを待つフリをしながら家に帰ることを先延ばしにしていたのだ。

（おばあちゃんが居たらな……）

昨年まではこんな風に家に帰ることを先延ばしにしたことなど一度もなかった。いつも祖母が、アタシの帰りを待っていてくれたから。

アタシのために朝から晩まで働いてくれている両親に代わって、祖母はいつも温かい食事を食べさせてくれ、学校でのたわいのない話も聞いてくれた。祖母の皺皺の笑った顔にいつも安心して本当に大好きだった。

（そろそろ帰ろうか……）

アタシは女性から受け取ってしまった和傘をそっと空へ向かって広げてみる。

「わぁ……」

思わず声が漏れ出していた。淡い紫陽花の花が雨空にパッと花開いて、思わず亡くなった祖母を思い出す。祖母は紫陽花の花が大好きだったから。祖母が毎日、ベランダの紫陽花の鉢植えを欠かさず手入れをしていたことを思い出す。一度だけ祖母に、紫陽花が好きな理由を聞いたことがあるが結局教えてもらえなかった。ただ、『あなたが大きくなって、幸せな人生を送ってくれるのが私の楽しみなの』、そう言って笑った祖母の顔が未だに忘れられない。アタシは立ち上がると和傘を見上げながら、ようやくバス停をあとにした。大通りを出て小さな商店街をくぐった所にある自宅に向かって真っ直ぐに歩いて行く。ポツポツと和傘に落ちる雨音が心地よくて、アタシは何度も見上げた。まるで祖母が早く帰っておいでと言ってくれているような気がして、心がじんと温かくなった。

少し歩けば自宅からすぐの小さな商店街に辿り着いた。ここからはアーケードがあるので傘はもう不要だ。傘を畳みながら、商店街の入り口に佇む年配の女性の後ろ姿を見つけたアタシは思わずその女性を二度見していた。紺色の縞模様の絽の単衣に上品な淡いグリーンの紗の名古屋帯がとてもよく似合っていて、それはまるで……。

「え……？」

思わず声が漏れていた。白髪を綺麗に結えて髪留めを挿している和服姿の女性が、アタシの声でこちらを振り返る。

「えっと……あの……お嬢さんとどこかでお会いしましたでしょうか？」

「……あ、ごめんなさい。祖母に似ていたので、つい……すみませんでした」

目が合って少し戸惑うアタシを見ながら、女性がふふっと笑った。その皺皺の優しい笑顔もどこか祖母に似ている。

「今日はよく降りますね」

女性は憂う訳でもなく雨空を見上げてにこりと笑った。

「雨、お好きなんですか？」

「……そうですね、割と。お嬢さんはお嫌いですか？」

「どちらかといえば苦手かも」

「そうなのですね。よく雨は、空からの涙なんて言われたりもしていますが、私は古い人間なので恵みの雨だと思っていて……。雨を見ていると乾いた心まで潤うように思うのです」

「恵みの雨……」

雨のことをそんな風に思ったこともなかったアタシは、その女性の言葉がとても印象的だった。

「すごく素敵な言葉ですね……アタシも雨が少し好きになりそうです」

顔を見合わせるとアタシ達は微笑みあった。じゃあ、とアタシが頭をさげると女性は軽く会釈をする。

——あれ？

ふとアタシは気づいた。女性は傘を持っていない。

「あの……良かったら」

アタシは持っていた和傘を差し出した。

「え？　いえ、さっきも申しましたが急いでおりませんので」

「でも、いつ止むかわかりませんし……この和傘で雨の中を歩くと、とても幸せな気持ちになるので是非」

「でも、こんな高価な物頂けません」

女性は、困ったような顔をしている。

「実は、アタシも親切な方から頂いたんです……だからその……これもなにかのご縁かなって」

女性はしばらく黙っていたが、ふわりと笑うとアタシから和傘を受け取った。

「ご縁ですか。雨が引き合わせてくれたのでしょうか……有難う御座います」

アタシから和傘を受け取った女性の笑顔はやっぱり祖母によく似ていて、アタシは女性との出会いは和傘を通じて天国の祖母が引き合わせてくれた不思議なご縁のように感じていた。そして、ずっと会いたくて堪(たま)らなかった祖母に久しぶりに会えた気がして、アタシの寂しかった心は祖母が抱きしめてくれたように心の根っこまであったかくなった。


学生服のお嬢さんの後ろ姿が見えなくなるまで見送ると、私は手元の和傘を雨空へ広げた。

「まぁ、なんて綺麗……」

思わず誰も居ないのにそう声が漏れ出てしまうほどに、淡いピンク色の紫陽花は、まるで命が宿っているかのように花びら一枚一枚が繊細(せんさい)に描かれていて、見ているだけで美しく飽きることがない絵画(かいが)のようだった。

（見てあなた……とても綺麗な傘でしょう？）

——今日は三年前に亡くなった主人の命日だった。

お墓を掃除して主人が好きだった日本酒を供えて、日々のたわいないことを報告した。帰り道、突如ポツリと降り出した雨粒に折り畳み傘を忘れたことに気づいた私は、商店街の入り口のアーケードの下で雨宿りをしていたのだった。

私が雨を好きなのは本当だ。シトシトと空から降る無数の雫が、庭の花を潤す様を縁側から眺めれば、自身の心にまで潤いをもたらせてくれているかのように感じるからだ。ただ、あのお嬢さんには恵みの雨という言葉を使ったが、本当は今日だけは主人が空から泣いているんじゃないかと雨空を見上げながら胸が苦しくなっていた。私が主人に会いたくて涙を零したのを見計らったように雨が降り出したからだ。私は和傘に雨が当たる度に聞こえる、ポツポツと小気味の良い音に草履の音を重ねながら大通りに出て駅へと向かう。この雨だ、もしかしたら仕事帰りの息子が駅に迎えに来てくれているかもしれない。

私は、ほんの少しだけ歩みを早めた。

ガタンゴトン……ガタンゴトン……

規則的に揺れる電車に身を任せながら、間宮奏は、電車の窓に針のように斜めに降り注ぐ雨を見ながら、ため息をひとつ吐き出した。手元の学生鞄の中を確認するが折り畳み傘は入っていない。

（はぁ……天気予報は曇りだったのに……）

私は雨の日が好きじゃない。雨の日になるともう十年以上会っていない母親のことを思い出すからだ。

両親が離婚したとき、経済的な理由で私は父親に引き取られた。確かに大好きなピアノも続けられているし、高校も音楽に定評のある私学に通わせてもらっている。でも無口で仕事熱心な父はほとんど家に居ない。ひとりでの食事も家でのひとりぼっちの空間にも慣れたが、母親の居ない寂しさだけはどんなに時が流れても忘れることが出来なかった。

母親が家を出るその日、幼いながらに朧げに覚えているのは母の涙と雨の音だった。もうはっきりとは顔も思い出せない。それなのに降り注ぐ雨の音と匂いに交じって、母が頬を濡らしながら最後に私を抱きしめた温もりだけを思い出す。だから私は雨も雨の日も嫌いだ。

――雨は、母の泣いている顔みたいだから。

抑揚のない車掌のアナウンスが聞こえてきて、私はいつもの駅で降りると改札に向かう。雨は止む気配がない。再度ため息を吐き出しながら改札を潜り抜けたときだった。

「……奏か？」

振り返れば、スーツ姿に革の鞄を抱えた男性がこちらを見て驚いた顔をしている。

「井川先生！」

思わず私は駆け寄った。

「おお、久しぶりだな。こんな所で会うなんて……元気だったか？」

「はい、それにしても井川先生、よく私だってわかりましたね」

井川先生は小学校のときの担任だ。親の離婚で不登校になりがちだった私をいつも家まで迎えにきてくれて、卒業するまで私の進路についても親身に相談にのってくれた恩師だった。

「いや、奏のことはとても印象に残っていたからね。目元と左目の下のホクロで、あれっとすぐに気づいたよ」

「それって小学生の頃から変わってないってことですか？」

少し口を尖らせた私に先生は、「まいったな」と変わらない笑顔で頭を掻きながら、ははは っと笑った。

「それはそうと、その制服……○△高校だな。奏も、もう高校生か。年月が経つのは早いな」

　確かにそうかもしれない。清潔感のある短い黒髪をいつもワックスで整えていた井川先生の髪には、白髪が少し混じっている。

「はい、今高三なので卒業後は音大に進学するつもりです」

「そうか、奏の夢はピアニストだったからな。小学校の卒業文集に書いたとおりの未来に進んでいってるんだな。頑張れよ」

　井川先生は私の頭をぽんと撫でるとにっこり笑った。そして先生の目線が、私の後方へと向けられた。

「あ、来たな」

　私も振り返ると、和装に身を包み綺麗な和傘を差しながら、こちらに小さく手を上げた年配の女性が見えた。

「圭介、迎えにきてくれたんだね」

　和傘を畳みながら女性が微笑む。その笑顔は井川先生にとてもよく似ている。

「こちらのお嬢さんは？」

「あぁ、小学校の教え子だよ、間宮奏さん」

　私がペコリとお辞儀をすると、女性も丁寧に頭を下げた。

「僕の母親なんだ」

「あ、そうだと思いました。笑った目元がよく似てらっしゃるから」

井川先生は恥ずかしそうに肩をすくめると、再度頭を掻いた。

「じゃあ、車をあっちに停めてるから、この辺で。奏、頑張れよ」

「はい、先生もお元気で」

「あ、圭介、お嬢さんにこれを……」

井川先生の母親が私に差し出したのは、先程差していた綺麗な和傘だ。

「傘ないんでしょう？　……良かったらこれ使ってくださいな」

「え？　いや、大丈夫です。もう止むかもしれないし……」

「遠慮しないで。実は……私も頂いたんです、親切な方から。だから是非使ってください。素敵な傘なので雨がきっと好きになりますよ」

女性は目尻を下げて優しく笑った。

(雨が……好きに……？)

「では……遠慮なく頂いちゃいます。素敵な傘を有難うございます！」

井川先生達を見送ると、私は反対方向に和傘を広げて歩き出した。

(わぁ……なんて素敵な傘なんだろう……)

紫陽花模様の和傘を内側から見上げれば雨空に紫陽花が咲き誇り、まるでこちらを咲(わら)いながら見下ろしているみたいだ。私は真上から聞こえてくる雨音に耳を傾ける。

嫌いだと思っていた雨に、私は心が弾むのを感じていた。

——あれから二年が経ち、今年もまた雨音が聞こえる季節がやってきた。

私は音大の二回生となりピアノ漬けの充実した大学生活を送っていた。電車の窓から見える景色は今日も雨だ。私は和傘を握っている掌にぎゅっと力を込めた。あの日以来、雨の日は必ず私はこの傘を使っている。

「奏、今日は頑張ってね」

同じ音大でフルートを専攻している百合子が、隣で吊り革にぶら下がりながら私の肩をポンと叩いた。

「ありがとね、ちょっと緊張するけど」

肩をすくめた私に百合子がウインクした。

「絶対大丈夫！　奏のピアノってすっごく感動するもん。なんて言うのかな……繊細で音のひとつひとつが共鳴し合ってさ、こんな雨の日には特に聴く人の心に響くよ、きっと！」

「ありがと。頑張ってくる！　じゃあ、また明日ね」

百合子は、私に手を振り返しながら電車を降りホームの雑踏に消えていく。すぐに電車の扉は閉まりまた走り出した。

（心に響くか……）

私は手に握りしめている和傘に目を遣った。あんなに嫌いだった雨の日を、私はいつの間にか好きになっていた。雨空に向けてこの紫陽花柄の和傘を差せば、寂しい心も母に会いたい恋しい気持ちも、雨が降り注ぐ度に大丈夫だよと寄り添って優しく満たしてくれるような気がして。

（お母さん……頑張ってくるね……）

今から私は、小さな公民館のチャリティーイベントでピアノの演奏をすることになっている。人前で演奏をするのはやっぱり緊張するが、それよりも誰かの心に響くように届くように心を込めて演奏出来ることは楽しみだった。

電車を降り駅の改札を潜ると、私はいつものように和傘を雨空に向かって広げる。雨空に紫陽花が鮮やかに花開いて、空からの雨粒は和傘にあたっては、ダンスを踊るように軽快に跳ねていく。その様は、ピアノの旋律とどこか似ていて私はふっと笑う。そして鼻歌交じりに私はバス停へと向かって行く。バスに乗ればチャリティー会場のすぐそばで降ろしてもらえるからだ。駅から少し歩いて辿り着いたバス停には、女性がひとりベンチに座ってバスを待っていた。

私はバス停の屋根の下に身体を入れ和傘を畳もうとした。

——そのとき後方から声が聞こえた。

「あっ！」

　その声に思わず私は和傘ごと振り返った。

「……え？」

　ベンチに座っていた五十代位の女性が目を見開いてこちらを見ると、口元に掌を当てている。その掌は少しだけ震えていた。

「あの……」

　なんだろう。なんとも言えない不思議な感覚が、私の中から湧き上がってくる。

　女性はすっと立ち上がると私の目の前まで歩み寄る。そして和傘の中に入ると、女性は視線を逸らすことなく真っ直ぐに私を見つめた。

　胸が熱くて何故だか涙が溢れてきて止まらない。シトシトと降り続く雨音と共に懐かしい声と、ずっと追い求めていた恋しい面影を思い出す。

「……お母さん……」

　もうずっと前から声に出したかった想いは溢れ出した涙と一緒に、女性が私の身体ごとぎゅっと包み込んだ。

「奏、会いたかった……」

——奏。

そう呼ばれたのはいつぶりだろうか。その声をいつも探していた。私の名前をずっとずっと呼んでほしかった。抱きしめてほしかった。

「お母さん……ずっと……会いたかった」

涙の膜は雫となって、雨音と共にコロンコロンと重力に沿って落下していく。母が顔を皺くちゃにして微笑むと、もう離さないようにもう二度と離れないように、私を強く抱きしめた。

降り注ぐ雨は、私達の心を潤しながら優しく音を奏で、私達を見守るようにそっと心ごと包み込んでいく。和傘の淡いピンク色の紫陽花に見守られながら、強い愛情を確かめ合うように私達はしばらく抱き合ったまま、ただ雨音に耳を傾けていた。

「今日も良く降るわね」

中庭が見える縁側に座りながら梅香は、雨粒がポツポツと生い茂る梅の葉にあたる様を静かに眺めていた。雨粒の弾ける音と共に梅香の心の中には、母の言葉が今日も寄り添い染み渡っていく。雨は空からの涙ではない。

――『雨は空からの贈り物』

心地よい雨音に瞳を閉じながら、梅香は母の言葉を思い出していた。

今日もきっとどこかで誰かと誰かが目に見えない糸に導かれながら、出会いと別れを繰り返している。

（さて、今日はどんなお客様とのご縁があるかしら）

梅香は立ち上がると、キィと開かれた木製扉を振り返った。

「いらっしゃいませ。ようこそ、ツナグ傘屋へ」

梅香は、にっこり微笑んだ。

私の存在を、私は知らなかった

友川創希

――雪みたいに白い、ふわふわした少し大きな雲から、私達のいる小さな世界をそっと見ている――そんな夢を見た気がする。

なにかが頭に当たった感覚がしたので、私はゆっくりと目を開けた。

今日も学校だな……ふとそんなことを思う。

――ん？　なんかやけに外が明るい？　太陽の光が照りつけるように強いような。気のせいだろうか。

ゆっくりと体を起こす。そういえば、いつもより体が軽い。けっこう寝たのだろうか。

「えっ！」

ベッドの隣の小さな机に置いてあるデジタル時計を見た瞬間、心臓が破裂するくらいに心拍数が速くなった。思わずそれを掴み、二度見してしまう。

『12：00』

デジタル時計には間違いなくそう表示されていた。えっ？　もうお昼の十二時!?　学校、とっくに始まってるじゃん！　これじゃあ遅刻は決定だ。

確かに昨日は夜遅く寝たような気がするけれど、あまり記憶がない。頭の中になにかが詰まっているような感じ。でも、お昼まで寝てるってことはこれまでの人生で一度もなかった。親は私が起きるより早く仕事に行くため家を出るので、このデジタル時計の目覚まし機能が私の頼りなのに。

だけど鳴ったんだろうか？　わからない。鳴ったけれど、ものすごく疲れていて気がつかなかったんだろうか。

私の高校まではここから市内に行かなくてはいけないため、一時間半くらいかかる。今から行くとだいたい学校に着くのは午後二時頃。でも、バスの本数が少ないのでそれも考えるともっとかかるだろう。だから着くのは六時限目になると思う。確か、今日の六時限目はレクをやるんだっけ……。なんでもバスケットという椅子取りゲームをやるんだ。

今から行っても授業はないから行かなくてもいいかもしれないけど、やっぱ顔は少し出しておきたい。

私は洗面台に行き、顔を洗う。なぜだかいつもより水が温かく感じる。それに水をすくった時の手の感覚も――

「なんか、いつもと違う」

思わず鏡に映る自分の顔を見ながらそう声が出てしまう。でも、なにが違うのかはわからない。

――いてっ！

急に誰かから強く頭を殴られた――いや、叩かれたような感じがして、痛みが走る。
それから少し経つと、頭から同じクラスの央士君のことが自然と出てくる。
央士くん――それは私が片思いしている人。つまり好きな人。
なんで今出てきたんだろう。
央士くん？？？
私？？？
私はもう一度顔を洗った。

バスは丁度いい時間に乗れたからよかったけれど、スマホで調べてみると電車は運悪く三十分くらい待つみたいだ。バスに乗っている間、スマホを開いてみると央士くんからラインが来ていた。『絵奈、大丈夫か？』という内容だったので、遅刻してるけどなんかあった？　という意味だろうと解釈した。私は今まで遅刻したことがないから少し心配なのだろう。寝坊してしまったというのは少し恥ずかしいから、なんか適当にいい理由を考えて今は授業中だろうから学校に着いたら言おうと思い、スマホを閉じた。
でも、優しいなやっぱ央士くんは。少し顔が赤くなっているかもしれない。私は今スマホをそっと大好きなお人形のように握りしめている。

駅まで無事に着いた。

周りには今風の住宅街が広がっていて、コンビニやスーパーなどのお店もいくつか立ち並ぶが、木造のレトロな駅舎だけやけに昭和感があり、周りの景色と全然あってない。ここだけ『ザ・秘境』という感じだ。ホームと待合室くらいしかないこの箱のような小さな駅舎で三十分も待つのか。少しきついな。この富士山から湧き出るみたいに新鮮な空気を吸っていれば自然と時間が経過するだろうか。

そうだ、少しお腹に入れておこう。

なぜだかあまりお腹は空いていなかったけれど、朝ごはんを食べていないので、なにかしら口にしておいたほうがいいかなと思い、カバンにいつもいれてあるチョコレートを駅舎にある待合室（といっても椅子ぐらいしかないけど）で食べた。お菓子を食べると心が落ち着いた。

それを食べてから十分くらい経った頃、駅舎に私と同じくらいの年齢の男の人がまるで亀みたいにゆっくりとしたスピードで入ってきた。その人はなんか落ち着きがない感じだった。忘れ物でもしたんだろうか？　それとも人を待っているんだろうか？

「あの、どうしたんですか？」

私は人見知りなほうだけど、やけに気になってしまったので、立ち上がって声をかけてみた。

「あ、えっと……いや、その……」

その人は言葉がまとまっていなくて、よく聞き取れない。まるで故障しかけたロボットみたいだ。

「あの」

「はいっ！」

その人は急に私に近づき、そう言ったので思わず私は大きな声が出てしまう。なに？　なに？

「あなたは僕と同じ高校生ですよね」

「はい、高一ですけど……」

僕と同じということは多分この人も高校生なんだろう。でも、この人は友達の誕生日パーティーに行くかのようなオシャレな紺色の服を着ている。なにか特別なことでもあるんだろうか。

「でしたらお話聞いてもらってもいいですか？」

お、は、な、し……？

「別にいいですけど……」

反応するまでに少し時間がかかってしまった。でも、電車の出発まではまだ十五分以上あるし、断る理由もなかったので私はそう言った。

「あの、恋のアドバイスをしていただけないでしょうか？」

　さっきよりも何倍もはっきりした口調で男の人は私に向かってそう言ったあと、頭を深く下げた。えっ？　私が恋のアドバイス!?　どういうこと!?

　私の心の中が一瞬空っぽになる。

　駅舎に温かくもあり、冷たい風が入る。

「あの、私、別に、彼氏がいるわけでも……。それに顔も可愛いって感じでもないですし……」

　告白なんてされたことないし、それに友達から可愛いなんて言われたこともほとんどない。最近友達とお揃いで買ったシュシュを付けて写真を撮ったときに、その子のほうがうさぎのように抱きしめたくなるような可愛さで落胆したばかりだし。

「いや、別に彼氏がいるとか関係なくて……ただ聞いてほしくて。あの、余計かもしれませんけど、あなた、自ら可愛くないって言うのは自分に厳しすぎますよ」

「えっ？」

　この人の目からして私を好きとかそういうので、『自ら可愛くないって言うのは自分に厳しすぎますよ』と言ったんじゃないだろうけれど、男の人からそう言われると冬にあつあつの焼き芋を食べたときのように熱のようなものが身体に広がる。

「それに顔以外も色んなところを愛せるのが、僕が思う本当の好きですし」

　私は別に自分の顔が可愛いとか思ってなかったから、私の好きな人——央士くん——に告白しようなんて少しも思わなかった。——いや、思えなくて、私以外の央士くんが好きな人に告白してほしいなって思ってた。でも、そんな考え方がこの男の人の言葉で、積み上げた積み木を崩したときのように、私の頭から一瞬にして崩れる。

「じゃあ、私でよければ」

　私はこの人に少し救われたような気持ちがして、だからこの人の役にたちたいと思い、少しためらいながらも話を聞くことにした。その人は失礼しますと言ったあと、私の隣りに座った。私も再び座る。

「あの、今日、僕は学校が振替休日で休みなんで、これから彼女——といってもまだ相手はただの友達としか思ってないかもですけど……」

　その人は庭にきれいな花が咲いたときのように嬉しそうに、でも少し恥ずかしそうに私のほうを向いて話した。

「その人と初めてデートみたいなのに行くんです。でも、恥ずかしながらどこに行くかはまだ決まってなくて……。なんか悩んでも答えが出なくて。それで相談なんですけど、この辺りでどこがいいと思いますか？　ひとつでいいんで一緒に考えてくれると嬉しいです」

　考えないで行くのもそれはそれで面白いデートにはなりそうだけど、でも、この人にとってデート場所が決まってないのは雨の降りそうな日に傘を忘れたときのように不安なんだろう。

「そうですね……。その方はどういうとこが好きなんですか？」

私はまず情報がほしいと思い、その彼女さんがどういうものが好きなのか聞いてみる。

「えっと、私はその方の温かい心が好きです」

その人は断定するように『です』を使った。いや、でも、私が言いたいことは……。

「そうじゃなくて……。あの、その方の好きなものとか、場所です」

「あー、すいません。デートの時間が近づいて緊張してるみたいで……」

私の質問の仕方も少し悪かったかもしれないけど、本当に緊張してるみたいだ。見た目だけからでなく、声の感じや話してる内容からもそう窺える。まあ、私もそういう立場だったらそうなってしまうんだろうけど。

「いえいえ、ゆっくりで大丈夫ですよ」

そう言うとその人は少し落ち着きを取り戻した。

「えっと、彼女は、きれいなものが好きです」

きれいなもの？　きれいなものか。なんかいいとこないかな……。思わず人が幸せになるような。誰もがきれいと思えるもの、大切にしたいと思えるもの……。

「あっ！」

急に開かなかった箱が開いたように、私はいい場所を思いついた。

「この近くに——えっと、バスで二十分くらい行ったところに、きれいな滝があるんですが、そことかはどうですか？」

この駅からも出ているバスで二十分くらい行ったところに、美しい絵に描いたような自然の景色が見える場所——滝がある。

「私の思い出の場所でもあるんです」

「思い出？」

その人は興味深そうに私の言ったことに対して聞いてきた。

「実は、私にも好きな人がいるんです。と言っても……片思いですけどね。それはいいとして、今年の四月にその人と同じ班になって、遠足に行ったんです。私はこの辺に住んでるので、遠足がこの辺に決まったときは少し落胆しました」

私の少し前の記憶が蘇ってくる。美しい以上の記憶が。あのときの記憶が。忘れたくない記憶が。

「そうなんですか」

「で、その遠足で滝に行きました。恥ずかしながらこの近所なのに初めて行ったんですけど、すごく美しくて、写真を撮ったり、滝の近くの水に触れたりするのが楽しくて。その、私の好きな人がこの滝を選んでくれたんです。そして班の人達をその場所で面白いこととか言って楽しませてくれました。初めてその人は本当の楽しいに出会わせてくれました。その遠足が私の一番の思い出です。そのあとも彼は私に楽しいを与えてくれました」

彼が私に贈り物をしてくれた。本当の楽しいはここにあったんだって思わせてくれた。たぶんそれはこの世界に隠されたたったひとつのダイヤモンドを探すより何倍も、何十倍も難しかっただろう。

「そうなんですね。素敵ですね」

好きな人について話すのは少し勇気がいるけど、今日はそんなのはいらなくて自然と話してしまう。

「はい。他にも先生がある講演会の感想を言うように彼に言ったときに、彼はなぜだかお母さんが朝ごはんに目玉焼きを焦がしたという話をしました。それで皆で笑いました。他にもたくさん……。私にだけ向けられた楽しいではないけど、私を楽しくしてくれました。だからその人のことを自然と好きになってしまった。私はそんな彼と話すことが、普段の生活の中で一番楽しいんです」

私は彼と出逢うまで、人生をただ生きればいい、自分を大切にしていけばいい、友達を大切にすればいい。それなりに勉強も運動もできればいい……そんなことを思ってあまり楽しさは感じてこなかった。でも、彼が私に与えてくれた――楽しいを。それから私の人生は楽しくなった。前の自分なら決してやらないであろう学校の行事のリーダーに挑戦してみたり、友達と協力して子ども達に絵本の読み聞かせをしようと自分から提案した。私の人生は彼に大きく変えられたんだ。自分だけではなく、相手も楽しませることが私はできるようになった。

「求めてるものは意外と近くにあったんですね」

そう、その人の言うとおり近くにあった。私達は、つい遠くのものを求めてしまう。制限がない限り。だから、自分の近くのものしか掴めないときに人は近くにも大切なものがあったと感じるんだろう。

「本当にそうでした。よく、視野を広くしなさいとかあるけど、たまには視野を狭くするのも大切かもしれません。だから私ができるアドバイスが他にあるなら、完璧なデートより、想いのこもったデートのほうが私は嬉しいです！」

なんか上から目線のアドバイスになった感じはあるけれど、この男の人にはなにかが刺さったようだ。なにか感じてるように見えた。

「あ、じゃあ、本当にありがとうございました。もうすぐ来るみたいです」

その男の人はスマホの着信がなったあと、それを確認し、そう言った。ラインでもうすぐ着くよというメッセージが来たんだろう。

　その人のことを自然と応援したくなる。どうかうまくいきますように。

　その恋が、実るといいな。

　駅を出ていく男の人は、初めて会ったときとは全然違う人に見えた。堂々とした後ろ姿。どこまでも見ていたい後ろ姿。

　次は、私の番か。自分もそうしないと無責任だもんな。

　私も央士くんとの恋を自分で掴み取りたい。

　今から行くよ。

　いつの間にか駅舎の時計は進んでいた。あの人と話している間、私の周りの時間は止まっていたように感じてたけどそれは嘘だったみたいだ。時間はいつもどおり進んでいた。

　今度は私が恋を実らせる番。君との恋なんて実るのかな。央士くんに避けられないかな。

　時間になり予定どおりの電車に乗る。二両しかない短い電車。乗っている人もまばらだ。皆この電車のレトロさには似合わないスマホをいじっている。だけど私はなにもせず外に広がる景色をただ眺めていた。この車窓から見えるきれいな自然を。

　高校の最寄り駅まで行き、そこから少し、私の街より何倍も栄えているこの地を歩く。

教室に入ると森のようにしんとしていた。ただ空いている窓から風が吹きカーテンを棚引かせているだけ。でも、このクラスの人の匂いが微かに残っている。いい匂い。懐かしい。思わず深呼吸してしまう。

たぶんレクは体育館でしてるんだろうと思い、体育館へ向かう。

体育館に近づくと、聞き慣れた懐かしい声が聞こえてくる。予想どおりだ。

でも、やっぱり皆で楽しんでるのに入るのは失礼かな。だから私はただ見てるだけにしよう。だけど、横から見てもバレてしまうから体育館の二階にあるキャットウォークから見ることにした。

上からでも立って見るのはバレるかもと思い、しゃがむ。椅子を並べてできた少し形の崩れた大きな円が見えた。

私のクラスメート達。

なんでもバスケット——なにかしらのお題を言って、そのお題に合う人が自分の座っている椅子から動き、他の椅子に座る。そして座れなかった人がお題を出す。それを繰り返すゲームだ。

前にもこのクラスでやったことがあるけれど、私のクラスはなんでもバスケットは盛り上がるんだよな。

でも、今日は前よりは盛り上がっていない——というか、頑張って盛り上がろうとしていた。なにか自分のいないうちに皆の心を支配してしまうような大きな出来事があったんだろうか。

なにがあった？

なに？

えっ？

そんなことを考えていたけれど、央士くんの姿が見えると心が踊りだした。私の身体が少し引っ張られてしまう。央士くんの周りだけ光っているように見えた。

「えっと、じゃあ、目玉焼きにはソースより醤油派の人！」

座れなかったと思われる人が、お題を出す。

そう、うちのクラスのなんでもバスケットはお題の内容が面白いのが特徴。私は確か前回、一回だけ座れなかったんだけど、そのときは皆のお題があまりにもレベルが高すぎてなにも思い浮かばず、少し困ってしまったな。結局は、今日授業で寝た人にした。

目玉焼きのお題でクラスの三分の二くらいの人が一斉に動き出す。私も参加してたら動くかな。塩とかソースとかかけても美味しいけど、やっぱり醤油だ。

上から見ると皆の動く姿がこんな風に見えるんだ。まるでテレビゲームを操作してるような感じだ。

「あ、あそこ空いてるよ！」

「えっ？　どこどこ？」

「そこだよ、そこ！」

「あー！」

まだ座っていなかったふたりの勝負みたいだったが、惜しくも座れなかったひとりが真ん中に行き、次のお題を出す。

「じゃあねー、んー」

そうなんだよね、このクラスのお題のハードル高いから悩むんだよね。うけ狙う人もいるし。でも、それが楽しさを生み出しているんだろう。

「成績全部五にしてほしい人！」

「もちろーん！」

「はーい！」

これはもうなんでもバスケットって言ってもいい感じじゃないだろうか。なんでもバスケットではそう言うと全員が動くというルールがある。もちろんひとり残らず皆が動いた。皆の位置が一瞬で変わる。

座れなかったのは私と仲の良い友達。この子、甘いけど酸っぱい恋に関する質問を出してきそう。この子は甘い恋愛系のドラマや小説が好きなのだ。

「誕生日に好きな人からハグのプレゼントが欲しい男子！」

ほら一、やっぱきた。甘いけど、酸っぱい質問。このクラスは全員で三十五人で男子は十七人だけど、七人くらいが動いた。思ったより多いな、恥ずかしくて動かない人も多いと思ったけど。私は思わず青春だなーと感じてしまう。ハグのプレゼントか。

でも、男子が意外と同じ場所にまとまって座っていたため、その子はまた座れず二連チャンでお題を出すことになった。また、なんかあんな感じの質問が来るんだろう。やってる側はドキドキだろうな。ここから見ててもドキドキしてるし。でも、見るだけでも楽しいと感じる。

「えー、またかー。じゃーあ、人が結構いるところで自分の彼氏か彼女に『キスしよ』って言われたらキスする人！」

さっきよりもあれな質問がきた。どっからその質問、考えてるんだろうか。自分の頭をフル回転させても私には無理だろうな。少し手汗をかいてきた。やってなくても胸がキュンキュンしてる証拠だろう。

結果は四分の一くらいの人が動いた。そうだよね、これは結構勇気いるもんね。私ならその状況になったとき恥ずかしくて目も合わせられないかもしれない。

私の友達は今回は無事に席に座ることができ、代わりにメガネをかけた男の子――

学級委員の人が座れなかったみたいだ。へーこの人はしちゃうんだ。

「じゃあ、時間も時間なので最後ー！」

担任の先生からそう声がかかる。先生も参加していたみたいで、今は央士くんの隣りに座っている。

「あ、最後、央士座れなかったら罰ゲーム決定じゃん。秘密一つ告白ー！」

「そうじゃん、やべー」

央士くんの隣りにいた男子が楽しそうに、イジる感じで央士くんに話しかける。私のいない間にどうやら何回か座れなかったらしい。それで最もその回数が多い人が罰ゲームを受けることになってるんだろう。で、学級委員の子はどんな質問を出すんだろう。

「少しあれなお題になりますけど、最後のなので……」

さっきまでの空気とは変わる。なぜだか私の背筋がピンとなる。あれな質問？　つまり辛い質問？　になるんだろうか。皆の表情もここからだとよく見えないけれど急に石みたいに固くなっていた。えっ？

「ううん」

学級委員の子が咳払いする。ん？　なに、この感じ。

「じゃあ——昨日に戻りたい人？」

これがあれなお題なの？

ひとり残らず今座っている椅子から立ち上がる。でも、さっきとは違い全員がゆっくりと歩いて他の席に移動していた。私にはよくわからなかったけど、皆が動いた。皆戻りたいの？　確かに昨日の漢字テストはいつもより難しくて点数が皆良くなかった感じだけど、それだけの理由で皆戻りたいの？　戻ったら経験できない楽しいこともあるはずだよ？

最後に残ったのは――座れなかったのは央士くんだった。

最後に残った央士くんが椅子で囲まれた円の真ん中に重い足取りで進んでいく。央士くんの秘密……少し気になるかも。でも、なんかさっきよりも寒くなった。急に寒波が来たみたいに冷え込んだ。

「あ、う、うん」

どうしたんだろう央士くん。いつもの彼とは少し違う。

「俺は、俺は……昨日に戻りたい――」

戻りたい？　そんなに？　どうして？

「――皆も知ってるように昨日の夕方、飲酒運転をしていた男が運転するトラックに轢かれて、寄居絵奈が死んだ」

――えっ、私が死んだ？

頭が追いつかない。死んだって、なに、どういうこと？

私だってここに……。えっ？

なんで、これは？　なにが……。

「だから昨日に戻って絵奈を救いたい。でも、俺達には到底できない」

たしかに私はいつもと違う感じが起きたときからしていた。これは、じゃあ生きている私ではないの？

昨日は確か――最後に覚えてるのは私の身体から出る赤いもの。全身が痛かった自分。辛かった自分。悔しかった自分。少しだけ昨日の記憶が蘇る。そうだ、私はもうダメだと思って自分の持つ最後の力を使って央士くんに電話をしたんだった。最後に私が選んだんだ。その命でなにをするかを。でも、彼が電話に出る前に私は……。だからあのラインのメッセージの『絵奈、大丈夫か？』はきっと彼が電話に出たときにはもう、力尽きていたから出れなくて、だから――。

私はこの世界で生きている最後の一秒まで央士くんのことが好きだったんだ。私を変えてくれた央士くんのことが。

でも、私は死んでしまったのか。

央士くんに告白する前に。

少し、遅かった。

君に私の想いを伝えられなかった――好きという想いを。もっと早く伝えておくべきだった。私は遅かった。あの人に対して無責任だ。

でも、どうせ彼に告白したところで、彼に振られるだけなんだろう。だったらもう死んだことを悔やむことはしなくていいんじゃないんだろうか。

もう、しょうがないからこれ以上なにも考えずに現実を受け入れた方が早い。

「俺の秘密……」

央士くんは噛(か)みしめてた。わからなかった、なにを考えてるのか、央士くんが、そして自分自身が。

「――それは俺は絵奈のことが好きだった」

えっ？　央士くんが私のことを？　この、私のことを？　好きという言葉がすぐには頭に入らなかった。私も君もお互い好きだった……？

「私も好きだよ……」

央士くんにはたぶんこの声が届いていない。だって本当に小さな声で言ったから。

それに……。

目から輝く涙が溢(あふ)れてきた。

すごく嬉しかった。君は私のことが好きだったんだね。そして私も……。

「絵奈がいつもなにかを頑張る姿に憧れてた、好きだった。絵奈に大変な仕事を頼んだときも嫌な顔ひとつせずその仕事を絵奈なりに頑張ってやってくれていた。そんな優しい絵奈が俺は好きだった。絵奈がいたから俺は人にもっと優しくすることができた。だからそんな絵奈に心が整ってから告白するつもりだった。でも、できなかった」

私もできなかった。君に告白。もう君とは違うから。

「だから、今、ここで君に告白する」

央士くんがまっすぐ上を見上げた。央士くんには私には見えないなにかが見えているんだろう。

「絵奈、君は僕にとって言葉に表せない存在だ。どうか、心の中で結婚してください。どうか俺の気持ちが届いてますように。君にこれが届いてたら俺はもうなにもいらない」

央士くんはこの世界の空気を全部吸い込むかのように大きく深呼吸する。

「最後にありがとう、絵奈。自分のことを忘れたとしても、君のことはずっと忘れないよ」

私は心の中で、その言葉をいただいた。

生きていない私が、その言葉をいただいたよ。

もちろんだよ。私も君と心の中で君と結婚したい。

多分、今言ったことが指輪の代わりなんだろう。

私が告白したかったよ。でも、君に越されてしまった。少し悔しいな。

でも、君が先に告白しようが、私が先に告白しようが私が央士くんを好きというのは変わらない。

私の前に私にしか見えない、一本のどこまでも続いていきそうな光が見えた。

ゆっくりと天国に送られてる気がする。さよなら、またね央士くん。

私は天国に送られていく。

どこかでまた君と会いたい。いや、もう心の中で結婚してるからいつでも会えるのか。

そうだよね、央士くん。

また、今度。

お菓子よりも、極上に甘いいたずらを。

朱宮あめ

薄紫と白がとろりと混じり合ったような、秋の朝。俺はひとり、静寂の街を歩いていた。まだ微睡みの中にいる街の澄んだ空気が、さらりと肺に流れ込んでくる。ひんやりとしたアスファルトの上で、靴の底がこつこつと軽やかな音を立てる。

かぁ、と烏の鳴き声が空に溶ける。見ると、椛の木に一羽の烏が止まっていた。

「早起きだな、お前」と微笑みかけると、烏は返事をするようにもう一度かぁ、と鳴く。

しんとしたみずみずしい空気の中を歩く。

はぁ、と吐息のような息を吐いてみれば、自分の息が外気より少しだけ温かく感じるけれど、まだ白く濁りはしない。

「あの子に会いたいなぁ……」

ぽつりと呟いた俺の声を聞いているのは、この広過ぎる朝焼けの空と、朱色の椛の葉たちに紛れた一羽の烏だけだ。

ふと、向かいから犬を連れた若い女性が歩いてくるのに気付き、俺は俯きがちに歩を進める。すれ違う寸前、女性は俺の顔を見てハッとした顔をした。俺は咄嗟に、人好きのする笑みを顔に張りつけて会釈する。すると、脳内に聞いたことがないはずの女性のものと思われる声が流れ込んでくる。

『もしかして今の、ブラックキャットの白夜!?』

俺は帽子を深く被り直した。どうやら、帽子だけで己の素顔を隠すのは難しいらしい。

『嘘!?　声、かければよかったー!』

振り返りはしない。けれど、しばらくの間、俺は背中に彼女の視線と嘆きの念を感じながら歩いた。

俺は日野白夜。

今をときめくアイドルグループ『ブラックキャット』のメンバーのひとりである。

そして、俺には誰にも言えない秘密がある。それは、女性の心の声を聞くことが出来るということ。聞こえるようになったのは、今からちょうど一ヶ月ほど前のことで、幼馴染の女の子とお茶をした後のことだった。

突然授かったこの能力は、神様のいたずらか、はたまた甘いご褒美なのか。

ともあれ俺は、不意に手に入れたこの能力を自身のアイドル活動に最大限に活用させてもらっている。

心を読むという能力を得てから、目の前の女性がどんな『日野白夜』を求めているかがわかるようになった。それを意識して接するうち、みんな見事に俺のファンになってくれる。国民的アイドルへ、王手をかけたところだ。

しかし、今朝はうっかりしてしまった。あろうことか、芸能人にとって必須アイテムのマスクを忘れてしまったのである。というわけで俺は今、大事な売り物の顔を惜しげもなく晒しながら、徐々に覚醒を始めた都会の街を歩いている。

すれ違う女性たちは、ちらりと俺を見てはぎょっと目を見開く。彼女たちの心の声に反応するように柔らかく微笑んでやれば、女性のファンデーションの下に隠された素肌がほんのりと紅潮する。


駅に着き、電車に乗る。普段電車を使うことはないけれど、今は特別。だって、今の俺には心を読む力があるから。突然授かったこの力は、いつなくなるか分からない。今のうちに人の本音を聞けるだけ聞いて、自分自身のモチベーションアップと、今後の活動の参考にさせてもらおうという魂胆なのである。

しかも、案外身バレしないということに気が付いた。みんな、手元のスマートフォンに夢中で周りを気にしないのだ。それが分かってからというもの、このところはわざと人の多い場所に出向くようになった。

電車は通勤時間と重なっていることもあり、さすがに混んでいる。俺はできるだけ気配を消し、顔を見られないよう俯いた。

しばらくメトロの振動に揺られていると、ふと、視線を感じた。

ちらりと正面に目を向けると、吊革に掴まって立つ俺と向かい合う形で、座席に座る会社員らしきスーツ姿の女性と目が合う。女性はしのぶ素振りすらなく、俺の顔を無遠慮に見上げていた。

さっそくだ。

『うわぁこの子スタイル良過ぎ。もしかして芸能人かな』

……どうやら、まだバレてはいないらしい。このまま顔を見つめ続けられるのもなんだか落ち着かないので、俺はさっと目を逸らし、身体の向きを変えた。

『可愛いなぁ。彼女とかいるのかな。歳下の男の子もなかなかいいかも』

……けれど、その後も彼女は俺のことが気になっていたようで、しばらくダダ漏れの心の声が脳内に響いていた。

どうやら俺は、お姉様方にモテる傾向にあるようだ。

ようやく事務所に着くと、事務員の山本さんがいつもどおりのポーカーフェイスで出迎えてくれる。

「おはようございます、日野くん」

「おはようございます、山本さん」

山本さんは、三十前後のクールビューティーな女性事務員である。決まっていつもパンツスーツで、髪はショート。表情に乏しく、どんなときもポーカーフェイスを崩さないため本心が知れないが、誰に対しても同じように接してくれる、人として信頼できる女性だ。

と、一ヶ月前までは思っていた。

『はぁ。白夜くん、今日もイケメン。朝から素敵な笑顔ありがとうございます。これからも一生推させていただきます』

これは、他でもない山本さんの心の声だ。

心の声を覗くまでは、彼女が俺に対してこんなふうに思ってくれてるだなんて知らなかった。少しむず痒い気もするけれど、ファンの本心を覗けるというのは、悪いものではない。

気を取り直して「今日も一日頑張りましょうね」と、笑顔を添えて山本さんに声をかけると、山本さんは見事なポーカーフェイスで「頑張りましょう」と返してくれる。一方で、彼女の心の中は結構とっちらかっていた。

山本さんは、俺より一回りくらい歳上だ。でも、心の中を覗いてからは彼女への印象ががらりと変わった。歳下の俺が言うのもなんだけど、山本さんはとても可愛らしい女性だと思う。

そんなことを思っていると、コン、と窓が鳴った。

「あら、鳥」と、山本さんが窓の外に目を向けて言う。その視線を辿ると、窓の桟に足をかけて羽休めをする烏が目に留まる。烏は黒々とした濡れた瞳で、じっと俺を見つめていた。

「多いんですよね、この辺」

うんざりした声で山本さんが言う。

「烏って、よく見ると可愛いですよ」と返すと、山本さんは驚いた顔をした。

「意外です。動物好きなんですね」

「小さいときに、怪我してる烏を助けたことがあって。それから好きなんです」

あれはたしか、あの子と出会う直前のことだったような気がする。

「へぇ」

山本さんが目を細めた。直後、彼女の声が脳内に響く。

『いいなぁ。私も烏になりたいかも』

彼女の本音に苦笑しつつ、俺は奥の控え室へ向かう。

部屋に入るが、まだ誰も来ていない。今日はこれから、ここでメンバー全員揃っての雑誌の取材がある。俺は窓際の陽が当たるソファに腰掛け、メンバーが来るまでスマホをいじりながら待つことにする。

スマホには、はちみつ色のふわふわな髪をベッドにさらして、まるで仔猫のように眠る女の子の画像が映し出されている。それを見た瞬間、うっかり顔が緩みそうになる。実のところ、俺には心の声を聞く能力の他にも、もうひとつ隠していることがある。

それは……。

「はぁ……ひな、今日も激カワだった」

画面いっぱいに映る幼馴染の隠し撮り写真を見つめ、俺はうっとりと声を漏らした。

今朝早く、ひなの部屋の窓の隙間から隠し撮りしたやつである。

もうひとつの秘密。それは幼馴染のストーカーをしていること。

「ひなの今日の予定は、大学二限のみだったか」

時計を見る。時刻は午前八時過ぎ。

「……そろそろ起きたかな。あぁ、寝起きのひなも久しく見てないなぁ……可愛いだろうなぁ」

ひなのはちみつ色の髪は綿あめのようにふわふわとしていて、灰色がかった瞳はときおり星空を宿したように、その光を閉じ込めてとろりと白銀に煌めく。一度見てしまえばその美しさに囚われ、いつまでも見つめていたくなる不思議な引力を持つひなの瞳。

「あぁ、会いたい……」

思わず本音が漏れる。ひなと直接会ったのは、仕事で行ったハワイのお土産を渡しに行ったときが最後だった。

あのときはたしか、ひなの部屋で軽くお茶をして、土産話をしていたらいつの間にか疲れて眠ってしまったのだった。

俺はひなに会いたいあまり、彼女の写真をスクロールしつつ最後に会った日のことを回顧し始める。

「起きたらひなは大学に行っちゃってて……ひなが用意しておいてくれた眠気覚ましの珈琲を飲みながら仕事に行ったんだった。……あの珈琲、美味しかったなぁ」

写真に記された一ヶ月前の日付を見て、深いため息をつく。こんなに長くひなに会っていないのは初めてかもしれない。そろそろひなの甘い砂糖菓子のような声が聞きたいところだ。

とはいえアイドルという特殊な仕事のせいで、ひなには告白すらできないし、それどころかなかなか会うこともできないのが現状だった。アイドルの仕事は好きだし、やめるつもりはないけれど。

ひなのことは絶対に諦められない。

ひなは俺にとって初恋で片想い中の、誰より大切な女の子だから。

そのときだった。こんこん、と扉を叩くような音がした。咄嗟に真後ろにある窓を振り返るが、ここはビルの十七階。誰もいるわけがない。いるとしたら、それこそ鳥くらいだ。首を傾げながら手元のスマートフォンに視線を戻した。

そこには、幼い頃の俺とひなが映っている。俺は笑顔でピースをしていて、ひなは頬を桃色に染めて、恥ずかしそうに俯いている。あどけない表情のひなに、思わず口角が緩む。

「わ、懐かし……」

かなり昔の写真にまで遡っていたようだ。

この写真はよく覚えている。これは幼稚園のとき。ひなと出会ったその日のものだ。

ひなの一家が隣の家に越してきて挨拶に来たとき、母親の陰に隠れたひなは唐突に言った。

『ありがとう』と。

ひなとは全くの初対面で、なにかをした覚えのない俺は、ひなの言葉の意味がわからなくて、きっとこの子は『はじめまして』と『ありがとう』を言い間違えたんだな、くらいに思って軽く流した。

「心の声が聞ける今なら、あのありがとうの意味がわかるかもしれないのにな」

そのとき、ふと気が付いた。

「……あれ？　そういえば、この能力を授かってから一度もひなに会っていないのでは？」

思い返せば、この力はちょうどひなと会った直後に授かった。つまり、今会えばひなの心の声が聞こえるかもしれないのだ。

「ひなの心の声……めちゃくちゃ気になる‼」

善は急げだ。

俺は早速、ひなにメッセージを送った。

「今日の夜会えるかな……っと」


その後メンバーが揃い、雑誌のインタビューを終えてスマホを見ると、ひなから返信が来ていた。

「おっ、返信来てる。どれどれ……」

『もちろん！　今日の夜、うちで待ってるね。白夜くんに会えるの楽しみだな』

「返信だけでも激カワとかどういうこと……。よっしゃ！　ようやくひなに会える！」

思わずガッツポーズをする。

「おい、白夜。ひとりでなに百面相（ひゃくめんそう）してるんだ？」

怪訝な顔で俺を見るメンバーに、しまった、と口を噤（つぐ）む。

「あ、ごめんごめん。おはよう」

「白夜、顔がひどいことになってるよ？」

「えっ！」

「また動物の動画でも見てたんだろ？」

まずい。顔に出ていたらしい。

「うん、まぁ……はは」

俺は慌てて取り繕うように、笑みを浮かべる。

「白夜ってば最近人気がうなぎ登りだからって、余裕こくなよー。俺だってすぐ追い上げるからな！」

「そんなんじゃないって……」

俺は苦笑を浮かべながら、スマートフォンをポケットにしまった。


その夜、俺は軽い足取りでひなの家に向かった。ひなは今、俺の隣の一軒家でひとり暮らしをしている。ひなのご両親は俺たちが中学に入学してすぐ海外転勤が決まってしまったため、ひなはひとり残ることになったのだ。そのため中学からひなは、ほとんど俺の家で一緒に育った。

学生時代の思い出を振り返り、懐かしさに目を細めながらひなの部屋の窓を見る。

そこには、優しいオレンジ色の電気が点いている。

俺は白いバラのブーケと、手土産にと買っておいたひなが好きなチョコレートの紙袋を持って、インターホンを鳴らす。

どっくんどっくんと胸が高鳴る。

すぐにぱたぱたと軽やかなスリッパの音がする。すぐに扉が開き、ひなが顔を出した。

俺を見た瞬間、ひなは可愛らしい声で「いらっしゃい！　白夜くん」と笑う。

背後に煌びやかな花と星が見える。

「天使がいる……」

思わず呟くと、ひなは小首を傾げた。

「天使？」

「あ、いや、なんでもない。久しぶりだね、ひな。元気にしてた？」

「うん！」

ひなが頷く。

その笑顔を見て思う。ひなは、俺なんかよりもよっぽどアイドルに向いている。もちろんモテたら困るから、絶対にアイドルになんてさせないけれど。

「今日は急に連絡しちゃったけど、大学とかは大丈夫だった？」

「大丈夫だよ！」

色素の薄いふわふわの髪から、シャンプーの甘い香りがふわりと香る。くりりとした大きな灰色の瞳が、真っ直ぐに俺に向く。

あぁ、もう激カワ……!!

俺は完璧なポーカーフェイスを保ったまま、ひなの小さな頭に手を置いた。そのまま優しく撫でてやると、ひなは少しだけくすぐったそうに首をすくめる。

……可愛い。心臓が粉々に砕け散りそう。

「はい、これ。ひなが好きなチョコだよ」

「わぁ！　ありがとう」

プレゼントを渡すと、ひなは嬉しそうに目を細めた。

「今日はなにしてたの？」

お茶の用意をしているひなの背中に声をかけると、

「勉強してたよ。もうすぐテストなの」と、学生らしい返答が返ってきた。

同い年のひなは今、大学一年生だ。

「白夜くんはお仕事？」

「うん」

ひなは珈琲とココアが入ったマグカップを持ちながら、俺の隣に座る。

「白夜くん、すっかりアイドルだね」

ひなはそう言って、伏し目がちにマグカップを握った。その瞬間、ひなの思考が流れ込んでくる。

『ちょっと寂しいな……もっと忙しくなったら、きっと私の相手なんかしてくれなくなっちゃうんだろうなぁ』

　これまでにないほど、心臓が高鳴った。

　まさかひながそんな可愛いことを思っていたなんて。

「ひなは俺の大事な幼馴染だよ。ずっとそばにいる」

「……ずっと？」

　ひなの大きな瞳がぱちぱちと瞬く。これは、思っていたよりも破壊力が半端ない。

　俺はなんとか平静を保ち、笑顔を張り付けた。

「どんなに人気が出ても？」

「うん」

「どんなに忙しくなっても？」

「うん。絶対、ひなに会いに来るよ」

　優しくひなの頭を撫でると、長い睫毛がかすかに震える。

「ありがとう」

　心を読んだかのような俺の言葉に、ひなは一瞬首を傾げたけれど、特にツッコむでもなく微笑んだ。

『嘘だとしても嬉しいな』

この子はなんて健気(けなげ)なのか。好き過ぎて、頭がおかしくなりそうだ。

「ひな。俺は嘘なんてつかないよ。今までひなに嘘を言ったことなんてないだろ?」

「え、うん……?」

ひなの目が泳ぐ。すぐに心の声が飛び込んできた。

『でも、もし私が白夜くんに好きだって言ったら、この関係も終わっちゃうのかな……』

「ごふっ!!」

俺は思わず珈琲を吹き出した。

「えっ、だ、大丈夫!? 白夜くん」

「だ……大丈夫大丈夫。ちょっとむせただけだから」

好き? ひなが俺を? ……え、ひなが俺を、好き!?

俺の頭の中は今、とっちらかっている。

不意に、ひながハンカチを持った手で俺の唇に触れた。

「……あ、いいよ。汚れるから自分で……」

パッと手を取ると、思いの外至近距離にひなの顔があって息を呑む。

「あっ……ご、ごめん、近かった……」

ひなは困ったように顔を真っ赤にして、俺をちらりと見る。

あぁもう。可愛すぎだって、ひな……!!

ひなのとろりとした瞳に、どうしようもなく胸が締め付けられ、目が逸らせなくなる。

……言いたい。好きだって直接、ひなに。

無意識のうちに口を開いていた。

「あのさ、ひな……」

しかし、続きを言いかけてハッとする。

いや、待て。ひなが俺のことを好きなら、もし今告白すれば、俺たちは両想い、だけど。でも俺はアイドルなんだし、もしファンにバレたらひなにも迷惑をかけるかもしれない。

相反する想いが交錯する。俺はぶんぶんと首を横に振り、口を噤んだ。

それは絶対にダメだ。

「……ハンカチありがとう。洗ってくる」

「あ……うん」

気を紛らわすように立ち上がったとき、棚の上のアクセサリースタンドが目に入った。そこには、見慣れないネックレスがひっかかっている。

綺麗な貝殻の形をした可愛らしいネックレス。この前来たときはなかったものだ。

「それ……なに？」

ひなが俺の視線を辿る。そして、その視線がネックレスにあることに気付き、ハッとした顔をする。

「あ、それは……もらったの。同じ大学の子に」

「……そうなんだ」

ちらりとひなを見ると、その目が泳ぐ。嫌な予感がした。

「もしかして、男からのプレゼント？」

さらにひなの顔に動揺が広がった。

「……ねぇひな。告白でもされた？」

彼女の小さな肩がぎくりと跳ねる。ひなはなにも言わない。けれど、その表情は俺の予想が正しいことを物語っていた。

仄暗い感情が、心の中をゆっくりと覆っていく。

「……まさか、付き合わないよね？」

心臓が突然どくどくと高鳴り出す。嫌な予感が離れない。

まさか、付き合わないよね。だってさっき、ひなは俺が好きだって言ってたし……。

「断る、つもりだった……けど」と、ひなは歯切れの悪い返事をする。

「……もしかして、悩んでるの？　ねぇ、ひな。なにか悩んでるなら、話聞くよ？

もしかして、ストーカーとかじゃないよね？」

「あ、ううん。そういうことじゃないから、大丈夫だよ」

ひなは取り繕うように、にこっと笑った。けれど、俺の心のざわつきはおさまらない。すると、ひなの心の声が流れ込んできた。

『白夜くんはアイドル。私とは相容れないんだから、いい加減私もこの気持ちを忘れなきゃ……』

胸の奥がヒヤリとした。

やっぱり、ひなは俺を忘れようとしている。

ちらりとひなを見る。ひなは相変わらず、可愛らしい顔でにこやかに微笑んでいる。

それが、どうしようもなく俺の心を締め付けて離さなかった。

『これはきっと、白夜くんのことを忘れるちょうどいい機会。彼と一緒にいたら、そのうち好きになれるかもしれないし……』

ひなの心の声に、ずきりと胸が痛む。

彼って誰？　忘れるって、なに？　どうしよう、このままじゃひなは。

不安と動揺で、心臓がどくどくと騒がしく鳴り出す。すると、再びひなの心の声が流れ込んできた。

『白夜くんはもう、みんなの白夜くんなんだから。ファンとして応援するって決めたんだから、期待しちゃダメ』

心臓に、じくりと抉られるような痛みが走った。

「……珈琲、今新しいの淹れるね」

ひなは俺から逃げるように背中を向けて立ち上がる。それはまるで、俺を拒んでいるかのように感じて。

「待って」

たまらずひなの腕を掴む。ひなは驚いた顔をして俺を振り返った。

「待ってよ」

「白夜くん?」

澄んだ灰色の瞳が、俺の姿を鮮明に映し出す。

「やだよ……ひなは俺の幼馴染でしょ? ずっと俺のそばにいてよ」

ひなが目を瞠る。思わず手に力がこもる。

ひなは俺のものだ。絶対誰にもやらない。

「俺、ひなが好きだよ」

真っ直ぐに想いを告げる。ひなは困ったように目を泳がせて、唇を引き結んだ。そんな仕草すら、俺は苛立って仕方ない。

どうして、頷いてくれないの。どうして、俺だけを見ていてくれないの。

「……白夜くんはアイドルでしょ。恋愛なんてしちゃダメだよ」

たしかにそうだ。そんなのずっとわかってた。

「でも、好き。ひなのこと、ずっと好きだった。だから、他の男のところに行くなんて、忘れるなんて言わないでよ」

ひなの腕を掴んで強く訴える。けれど、ひなは瞳を潤ませて、腕を引く。

「白夜くん、離して」

「やだ」

『……やっぱり私は、白夜くんの邪魔になっちゃうかもしれない。私はやっぱり、白夜くんとは距離を置くべきなんだ』

ひなの心の声に、俺は堪らない気持ちになる。

「邪魔じゃない！」

思わずひなの心の声に反応してしまう。ひなは、驚いたように俺を見上げた。

「ど、どうして……」

もう誤魔化すことはできない。俺は、とうとうひなに秘密を打ち明けることにした。

「ごめん、俺……ひなの心の声が聞こえるんだ」

今度こそ、ひなが言葉を失う。

「だからその……さっきからずっと、ひなの本心聞こえてた。ひなの気持ち、嬉しかった」

ぼっと、ひなの頬が紅潮する。桃色どころじゃない、漫画やアニメでよく見る、まっかっかというやつだ。

「でも」

「俺を忘れようとなんかしないで。俺以外見ないで。ずっと、俺のそばにいて」

俺の本音に、ひなは困ったように目を伏せた。

『白夜くんはアイドルだから……』

「ひな」

そっと、ひなの名前を呼ぶ。

「俺は、ひなが好きだよ。ずっとひなのそばにいたい。他の誰にも渡したくない」

俺はひなの腕をそっと引き寄せた。

「さっき、俺が好きってひなの心が言ってた」

ひなを抱き締めながら、耳元で囁く。

「好き。ひなが好き。ずっと黙っててごめん。待たせて、ごめん」

「白夜くん……」

腕の中にすっぽりと収まっていたひなが、おずおずと俺の背中に手を回してくれる。

小さな手のひらから伝わってくる体温が、どうしようもなく愛おしい。

「……私も好き、白夜くんのこと。ずっと好きだった。白夜くんがアイドルになる前から、出会ったときから、ずっと」

「出会った、ときから？」

ひなは俺から身を離し、神妙な面持ちで俺を見る。

「……あのね、私も黙ってたことがあるんだ」

「なに？」

なんとなく俺は姿勢を正した。すると、ひなはすうっと息を吸い、言った。

「私、魔女なの」

突拍子のない言葉に、俺は文字通りフリーズした。

「……は？」

魔女？　魔女って、なんだっけ？

聞き間違いかとひなを見るが、彼女はにこやかに微笑んだまま続ける。

「実は、白夜くんが心の声が聞こえるようになったのはね、私が魔法をかけたからなの」

「ま……ほう？」

話についていけず、俺は呆然とひなを見つめることしかできない。

「私、白夜くんの気持ち、ずっと知ってた。会う度私のことを好きだって言ってくれてたから」

今度は俺が赤面する番だった。全身の血が一気に顔面に集まっていくのがわかる。

「それはつまり、最初から全部知っていたと……？」

「黙っててごめんね……怒った？」

「怒っては……ないけど、驚いてる……」

まさかの小悪魔の方でしたか……。ちょっと衝撃なんですけど。

ひなはチャーミングな笑顔を浮かべて、ぺろりと舌を出している。

『悪魔じゃないよ。魔女だよ』

直接語りかけてくるようなひなの心の声に、どきりとする。


そのときだった。

突然、ひなの全身が妖しげな薄紫色の光に包まれる。同時に、どこから聞こえてくるのか、直に心臓を叩くような大きなリズム。きらきらと星屑（ほしくず）のシャワーのような異空間で、ひなはどんどん変化していく。

それまでニットワンピースを着ていたはずのひなの身体は、あっという間に黒衣のフリルドレスに包まれている。さらに腰の細さを強調する真っ赤なリボンに、顔半分を覆ってしまうほど大きなとんがり帽が彼女を彩（いろど）っていく。そして、足元には腰と同じ赤いリボンのついたピンヒール。

呆然と佇（たたず）む俺の前で、ひなは可愛らしい魔女になっていた。

「ひな……なの？」

「そうだよ、白夜くん」

甘い声が、俺の名前を呼ぶ。魔女っ子コスチュームをまとったひなは、やっぱり予想以上の破壊力で。きらきらと星屑を散らして現れた箒（ほうき）に横座りしながら、ひなは俺の頬にすうっと手を伸ばして、悪戯（いたずら）っ子のような笑みを浮かべる。

「実はね、白夜くんが全然告白してくれないから、ちょっとした魔法をかけました」

「魔法……」

ひなはこっくりと頷き、心の声で説明を始める。

『白夜くんには一ヶ月前、ひなの心の声が聞こえるように、魔法の珈琲を飲んでもらいました』

すぐにピンと来た。あのときだ。前回会ったとき、帰り際にひなが俺に用意しておいてくれた、あの珈琲。

俺は唇の隙間から小さく息を漏らしつつ、

「それで心の中を覗かせて、告白させるように仕向けたってこと？」

「うん！」

ひなは屈託(くったく)のない笑みを浮かべて、無邪気に頷く。

「やられた……俺はずっと、ひなの手のひらで転がされてたってことか」

全身から力が抜けていく。

「そういえば、ずっと同い歳だと思ってたけど、魔女ってことはひな、歳は……」

「こら。女の子に歳を聞くなんて失礼だよ」

ひなはあからさまにムッとした顔をする。

「そうだね、ゴメン」

……これは絶対同い歳じゃないな、と思いつつ。これ以上拗(す)ねられても困るので素直に謝る。

「そうそう、ちなみにね」

ひなは、そっと俺の耳に口を寄せる。そして、はちみつのように甘い甘い囁き声で、言った。

「昔言ってた白夜くんが助けた鳥って、ひなの使い魔だったりして」

「えっ!?」

驚いてひなを見ると、彼女はきゃらきゃらと笑った。その肩にはいつの間にか、一羽の鳥が行儀(ぎょうぎ)よく止まっている。

「かぁ」

「あぁ、お前！」

ひなと出会う直前に助けた烏。道端でよく見かけるあの烏。

ようやく理解する。

初対面でひなが「はじめまして」ではなく「ありがとう」と言った意味を。

どうやら俺の幼馴染は、ちょっぴり狡い小悪魔魔女だったらしい。思わず苦笑していると、ひながぴょんっと飛び上がって俺に抱きついた。

「わっ！」

俺は慌ててひなを抱きとめる。

「ねぇ白夜くん。今日はハロウィンだよ」

「……そういえばそうだった」

「チョコレート持ってきてくれたのに、いたずら仕掛けちゃった。ごめんね？」

その笑顔はちょっぴり憎たらしくて、でもとびきりに可愛くて、俺の心をどうしようもなく鷲掴みにする。

「……もう、ひなのバカ」

でも、好き。

どうせ心の声もバレているんだろうから、わざわざ口に出して言わないけれど。

「知ってるよ。ずっと、ずーっと前から」と、ひなは唇にそっと人差し指を立ててウインクをする。

まったく、ひなには敵わない。

でも、そんな大胆なところですらどうしようもなく可愛いと思ってしまうのだから、恋とは恐ろしい。

「ファンの子たちにはバレないようにしないとね？」

「……そ、そうだね」

いろんな意味で。


夜露が滴り落ちる満月の夜。世間はオレンジと紫と闇に彩られるハロウィンだ。いつもよりちょっとだけ特別なその夜に、ひなは俺にとびきり甘くて可愛らしいいたずらを仕掛けたのだった。

アンドロイドの夏

湖城マコト

ひぐらしの鳴き声が響く真夏の午後。照り付ける日差しは眩いが、都内と比べるとその主張は控え目だ。

「おかえり、義経」

「ただいま。香澄」

東北地方の田舎町に住む緋色香澄の実家を、従兄の瓦木義経が訪れた。

義経は香澄の二歳年上の従兄で現在高校二年生。普段は都内に住んでいるのだが、毎年夏休みの時期になると、母方の実家である緋色家に遊びに来ており、今年も数日間滞在する予定だ。

「お土産買って来たよ。定番のやつ」

「やったー。いっぱい食べよ」

家へ上がる際、義経は東京土産の菓子を香澄へと手渡した。甘い物が大好きな香澄はとても嬉しそうだ。

「おじさんとおばさんは仕事？」

「義経が来るし、早目に帰れるようにするとは言ってたけど、たぶん七時過ぎになるんじゃないかな」

「棗さんは？」

「今は夕飯の買い出しに行ってるよ。もうすぐ帰って来ると思う」

棗さんというのは、住み込みで緋色家の家事を担（にな）っている女性型のアンドロイドのことだ。外見年齢は二十代前半。流れるような黒髪と切れ長の目が印象的なクールな美女だが、実際にはユーモアのセンスもある、面白いお姉さんである。

棗さんが緋色家へとやってきて早三年。今ではお手伝いさんの域（いき）を超え、大切な家族の一員となっている。

「お嬢様。ただいま戻りました」

「噂（うわさ）をすれば棗さんのお帰りだよ」

「何度聞いてもお嬢様ってところが違和感なんだが」

「うるさい！」

「危なっ！」

香澄は義経の足を踏みつけようとしたが、義経はギリギリのタイミングで足を引っ込める。幸いにも痛い目に遭（あ）わずに済んだ。

「ナイス回避」

どこか悔（くや）しそうに舌を出すと、香澄は棗さんを出迎えに玄関へと駆けていった。

「いらっしゃいませ、義経さん」

「お邪魔しています棗さん。相変わらずお綺麗（きれい）ですね」

「褒（ほ）めても何も出ませんよ」

頬(ほお)に手を当てながらそう言うと、棗さんは買い物袋から、鯛焼(たいや)きが三つ入った包みを取り出した。

「褒められなくても出てきたじゃないですか」

「褒められなくても出しましたよ。今からみんなでおやつにしましょう」

棗さんの買って来た鯛焼きと、義経の持参したお土産のお菓子をテーブルへと広げ、和(なご)やかで賑(にぎ)やかなおやつタイムが始まった。直接顔を合わせるのは一年振りだ。近況報告に始まり、今日のために温めていたエピソードトークまで、話題には事欠かない。

「香澄ってばぐっすりですね」

「義経さんが来るのが楽しみで、昨夜はなかなか寝付けなかったようですよ」

「子供みたいですね」

いつの間にかソファーの上で眠ってしまった香澄の寝顔を眺(なが)めながら、義経と棗さんが微笑(ほほえ)ましそうに語り合う。

「最近、香澄の調子はどうですか?」

香澄にタオルケットを掛けてあげると、義経は小声でそっと切り出した。

「お友達も増えましたたし、毎日楽しそうに過ごしておられますよ。あの頃が嘘(うそ)のようです」

　この三年間、ずっと香澄を見守り続けてきた棗さんの言葉には、確かな説得力と安心感が宿っていた。

「それは良かった」

　当時の塞ぎ込んでいた香澄のことを思えば、それはとても喜ばしいことだ。香澄にはやはり笑顔が一番よく似合っている。

「棗さん。この子のことを支えてくれてありがとう」

「それを言うのなら、あなたこそがお嬢様の心の支えではありませんか」

「俺はただ、毎年夏休みに遊びに来ているだけですから」

「お嬢様にとっては、それが一番大事なことですよ」

「そうですね」

　棗さんの言葉に義経は大きく頷いた。

　いつまでも、甘えてばかりじゃいられないよね。

　今のやり取りが、狸寝入りしていた香澄の耳に届いていたことに、義経と棗さんは気づいていなかった。まだ子供のように見えて、義経が思っているよりもずっと、香澄は大人に近づいている。

いる。


楽しい夏休みは、あっという間に過ぎていく。

二日目には、緋色家に隣人や香澄の友人を招いて庭でバーベキューを行った。

キッチンでは棗さんが、玉ねぎやトウモロコシを、食べやすいサイズに切り分けている。

「見てるこっちが怖いよ」

下ごしらえを手伝っていた香澄は、棗さんの包丁さばきに苦笑いで見入っていた。

アンドロイドである棗さんは高度な物理演算で、残像が見えるような超高速で包丁を操っている。大丈夫だとわかっていても、人間そっくりな姿も相まって、添えた手まで傷つけてしまいそうで冷や冷やする。

「ご心配なく。万が一指に接触しても包丁のほうが破損（はそん）しますので」

「えっ、そっち？」

「アンドロイドジョークです」

超高速で包丁を動かしながらもこの余裕である。

「それじゃあ、乾杯！」

香澄の父親の音頭（おんど）でバーベキューが開始された。香澄と義経もソフトドリンクで乾杯した。

「熱っ！　炭が多かったかな」

「ここは私にお任せを！」

火力が強くて肉を焼く際、頻繁に脂が跳ねて大人も苦戦する中、一切動じずに肉や野菜を焼き続ける棗さんの姿が勇ましい。周囲からは賞賛の拍手が上がった。

「棗さん。かっこいいですね」

「アンドロイドですから、この程度の熱さは気になりませ」

「棗さん？」

言いかけて、棗さんの動きが微かに鈍くなった。何事かと思い、近くにいた義経が心配そうに顔を覗き込む。

「熱気で本体温度が上昇しました。一時的に一部の機能を制限します」

「棗さーん！　棗さーん！」

目を閉じて、その場で動かなくなってしまった棗さんの体を後ろから抱きかかえ、義経が慌てて熱源から引き離した。

「危ないから義経くんも近づかないように」

香澄の父親の言葉に頷き、義経は棗さんを家の縁側へと座らせた。

「はっ！　私は何を」

しばらく縁側に座らせていたら棗さんは無事に機能を回復した。アンドロイドの金属製のボディは熱を溜め込みやすく、日差しとバーベキューコンロの熱で許容範囲を超え、安全装置が作動してしまったようだ。いうなればアンドロイド版の熱中症だ。

「棗さん大丈夫？　急に動かなくなったからびっくりしちゃった」

目を覚ました棗さんを見て、香澄は安堵のため息を漏らした。

「ご心配をおかけしました。私のお肌でお肉が焼けるところでしたね」

「ジョークが言えるなら大丈夫そうだ」

絶好調の棗さんの様子に、義経と香澄は笑顔で顔を見合わせた。

「いい具合に焼けたぞ」

香澄の父親の手招きに応じて、三人もバーベキューへと合流した。火力を調整してくれたので、さっきのようなトラブルはもう起きない。

一波乱ありながらも、バーベキューは終始賑やかであった。


三日目には香澄、義経、棗さんの三人で外出し、電車で二駅越えた大型ショッピングモールへと遊びに行った。

「見て見て、マジックショーだって」

到着すると、エントランスでは夏休み特別企画としてマジックショーが開催されていた。マジシャンが何もない場所から大量のトランプを取り出すマジックを披露すると、会場は大きな拍手に包み込まれた。

「凄い凄い！」

「私の高性能アイによりますと仕掛けは」

「ストップ、棗さん！　今は現実よりもロマンですロマン」

目を輝かせる香澄の隣で、棗さんがアンドロイド目線でうっかり口を滑らせそうになったが、ギリギリのところで義経が制した。その場でのネタバレは厳禁だ。この手の話は帰り道でするぐらいが丁度いい。

マジックショーを堪能すると、次は併設されたゲームセンターへと向かった。人気のシューティングゲームでスコアとランキングを競い合うのが、義経と香澄の夏休みのお約束だ。

「今年こそは負けないからね」

「その意気や良し」

二人は隣り合う筐体の前に立ち、銃の形をしたコントローラーを抜いた。

二人がプレイするのは、画面上に出現する的を次々撃ち抜いてくシューティングゲームで、クリア時のスコアによって、週間の店内ランキングと全国ランキングが表示される。その結果によって勝敗を決めるのだ。

「お二人とも頑張ってください」

棗さんのおっとりした声援と同時にゲームがスタート。義経と香澄は物凄い集中力で黙々と的を射抜いていく。両者とも途中でゲームオーバーになることなく、無事に最後の面までクリアした。画面上にスコアとランキングが表示されるが。

「悔しい！　今年も義経に勝てなかった」

香澄は店内ランキング二位、全国ランキング百位と大健闘であったが、対する義経は店内ランキング一位、全国ランキング十三位というさらに上をいく記録を達成していた。

「香澄の記録も凄いよ。俺もうかうかしていられないな」

義経は笑顔でコントローラーを筐体に戻した。香澄は成長著しいが、シューティングゲームに関しては義経のほうがまだ何枚も上手だ。

「負けた鬱憤は買い物で晴らすぞー」

その後は香澄の気の向くままに、ウインドウショッピングへと移行した。ファッション好きの香澄がセール品の服をたくさんゲットしてきたので、義経は荷物持ちとして大活躍だった。

「待て待て！　お客様の俺がなぜ荷物持ちなんだ？」

「頑張れ。男の子でしょう」

背中で語ると、香澄は有無を言わさず次のお店へと足早に向かった。

「棗さん。少し手伝ってくださいよ」

「頑張ってください。男の子でしょう」

「ええ……棗さんまで……」

などと言いながらも、最終的には香澄も棗さんも荷物を分担してくれたので、一人あたりの負担はそれ程でもなかった。


四日目は生憎（あいにく）の空模様だったので、外出はせずに家でのんびりと過ごした。

「あれって、棗さんだよな」

「い、いつの間に副業で女優を」

午前中はサブスクで映画をまったりと鑑賞していたのだが、作中に登場したアンドロイドのお手伝いさんが棗さんにそっくりで、内容が頭に入ってこなくなった。堪（たま）らず昼食の支度（したく）をしていた棗さんに質問してみると、映画に登場したのは棗さんの姉妹機であることが判明した。どうりで似ているわけである。

「夏はやっぱりこれだね」

昼食は棗さんの用意してくれた素麺（そうめん）とスイカで夏の味覚を堪能した。スイカを頬張る香澄の笑顔が味わい深い。

「義経は来年受験生だよね。進路とかはもう決まっているの？」

「一応は。そういう香澄は将来の目標とかは？」

スイカを食べる香澄の手が止まり、天井を見上げて考え込んだ。

「……今はまだ内緒。気が向いたら教えてあげる」

そう言って、香澄は再びスイカに齧りつく。

内緒にする答えがあるのならそれでいい。義経もあえて追及はしなかった。香澄が未来にも目を向けているのならそれで十分だ。

「晴れてきた。これなら明日の夏祭りは大丈夫そうだね」

夕暮れ時に入ると、天気が徐々に回復してきた。一週間予報でもこの先は晴天が続く見込みだ。

「香澄は浴衣を着ていくの」

「もちろん。私の浴衣姿に見惚れるなよ？」

「大丈夫。都会住みで目は肥えてるから」

「なにそれ酷い」

抗議の意味を込めて、大袈裟にへたり込むような仕草を見せる香澄だった。

「明日は私も浴衣で参戦します」

唐突にキメ顔でリビングへと現れた棗さんがそう宣言すると。

「めちゃくちゃ楽しみです！」

「あたしの時と反応がちがーう！」

「ごめんごめん」

両腕をぶんぶんと振り回し、香澄がむくれ顔で抗議する。そんな香澄の姿を、義経は感慨深げに見つめていた。


五日目がやって来た。義経は明日の朝には東京に帰ってしまうので、今日が事実上の最終日である。今日のメインイベントは近所の神社で行われる夏祭り。義経も緋色家に遊びに来る度に参加しているお馴染みの行事だ。

「どう、可愛いでしょう？」

自宅の玄関先で、浴衣姿の香澄が一回転してみせた。紺色の生地に鮮やかな紫陽花がデザインされた浴衣は、あどけなさの残る少女に少しだけ大人な表情をさせている。

「似合ってるよ」

義経は茶化さずに素直な感想を述べる。香澄の浴衣姿は本当によく似合っていた。

「それでは行きましょうか」

紫色の生地に小紋柄をあしらった、大人っぽい浴衣を着こなす棗さんが先導し、三人は夏祭りの会場である神社へと徒歩で向かった。

「縁日ってワクワクするよね」

「この光景だけは、どんなに科学が発展しても変わらないんだろうな」

人口の少ない小さな町ではあるが、縁日はなかなかの賑わいを見せていた。いつの時代も人はお祭りが好きだ。それは、アンドロイドの存在が当たり前となった現代でも変わらない。

「義経。林檎飴食べよう」

「お祭りに来るといつもそれだよな」

「だって好きなんだもん。義経もどう？」

「俺は遠慮しておくよ」

「美味しいのに」

縁日会場に到着するなり、香澄は林檎飴の店へと直行し、一本購入した。

「花火が上がるまでまだ時間があるし、色々見て回ろうよ」

「だそうですよ。棗さん」

「私はどこまでも香澄お嬢様にお供いたします」

「いざ出発！」

香澄が右腕を突き上げると、本格的な縁日巡りがスタートした。

「義経凄い！」

「射的において俺の右に出る者はいない」

射的では、香澄が三度挑戦しても撃ち落とせなかった景品を義経が一撃で仕留め、周囲から喝采を浴びた。

「あちちちち。でも美味しい」

「お嬢様は猫舌なのですから、気を付けてくださいね」

出来立てのたこ焼きが熱すぎて、香澄は口にした瞬間に涙目になってしまったが、味は文句なしだったようで、直ぐに満面の笑みを浮かべた。口元についたソースは、棗さんが手ぬぐいで拭いてくれた。

楽しい楽しい、祭の夜が過ぎていく。

「もうすぐ花火が始まるな」

「……その前に、二人きりで話したいことがあるんだけどいい？」

「どうした、藪から棒に」

「大事な話なの」

香澄の眼差しはいつになく真剣なものだった。義経も真摯に向き合わなくてはいけない。

「人気のない所に行こう」

「わかった」

「棗さん。少し二人で話してくるね」

「頑張ってください。香澄お嬢様」

棗さんは多くは語らず香澄の背中を押す。香澄がこれから義経に切り出そうとしている話の内容と、その覚悟について理解しているようだった。

「それで、話って？」

香澄に連れられ、義経は神社の裏手のほうまでやってきた。周囲に人気はなく、祭の喧騒よりも鈴虫の音色のほうが主張している。ここなら邪魔は入らない。

「先に深呼吸させて」

香澄はかなり緊張しているようで、体が目に見えて強張っていた。目を伏せ大きく深呼吸をして、気持ちを落ち着かせる。

「義経。来年からはもう来なくても大丈夫だよ」

「……どういう意味だ？」

言葉の意味を呑み込むまでには、数秒のタイムラグがあった。

「もう一度言うね。来年の夏休みからはもう来なくても大丈夫だから」

「俺が受験だから気を遣っているのか？　大丈夫だって、遊びに来る余裕くらいあるよ」

「そういうことじゃないの！」

「香澄……」

強く言い切った香澄の姿を見て、義経も全てを悟った。

そうか、彼女は全てわかっているんだ。

「いつから、私が本物の義経ではないと気づいていましたか？」

その口調はそれまでの義経とは異なる、落ち着いた大人の男性を感じさせるものだった。引き締まった表情も相まって、一気に十歳は年齢を重ねたように感じる。

「本当は最初の年から気づいてた。お祭りのあなたは、私が知っている義経とは少し違っていたから。林檎飴とか」

「林檎飴？」

「本物の義経は、私の前では林檎飴を美味しそうに食べてたんだよ」

「そういうことでしたか」

彼が知る義経は林檎飴を好まなかった。だからそうして振る舞ってきたが、義経が香澄に見せる一面はまた違っていたようだ。香澄の前では彼女に合わせていたのだろう。

「射的もちょっとやり過ぎだったかな。義経はシューティングゲームは得意だったけど、縁日の射的はゲームみたいに上手くいかないなって、いつも失敗してたんだから」

「シューティングゲームと射的を、一括りにしてしまったのは安易でしたね」

誰かを演じるというのはそう簡単なことではない。そんな当たり前のことに、改めて気づかされた。

「……義経じゃないってわかっていたけど、本物の義経が会いに来てくれたみたいで嬉しくて。今まではずっと気づかないふりをしてきた」

声を震わせながらも、香澄は顔を上げてしっかりと彼を見据えた。

「あなたの本当の名前は何というの？」

「空と呼ばれています」

義経の姿をしたアンドロイド「空」。

彼が義経の姿で香澄の前へと現れたのは、今から二年前のことになる。

本物の義経は、その前年にこの町で死亡していた。

横断歩道を渡っている最中に、運転手の体調不良によって暴走したダンプカーに撥ねられて死亡した。当時、香澄も一緒に歩いていたが、咄嗟に義経が突き飛ばしたため、直撃を免れて軽傷で済んだ。

だけど、心の傷はあまりにも大きかった。

無理もない。香澄は自分を庇った義経が死ぬ瞬間を目撃してしまったのだから。

ショックのあまり、家族とさえもまともに口をきくことが出来なかった。

事故から三週間が経とうとした頃。

香澄が事故後初めて言葉を発した。誰もがそのことを喜んだ。

だけど香澄が発した第一声は。

『来年も、義経遊びに来てくれるかな』

香澄は、義経の死という現実を受け入れることが出来ていなかった。

香澄の両親や義経の両親は、何とか香澄を勇気づけたいと思った。香澄の心が壊れてしまっては、亡くなった義経も浮かばれない。

まず始めに、共働きで当時から家を空けがちだった香澄の両親は、家事担当という名目で、棗という名のアンドロイドを迎え入れることにした。

常に家に誰かがいてくれる安心感が、少しずつ香澄の心に雪解けをもたらしていった。口数が徐々に増えていき、学校生活にも復帰を果たした。

そして二年前の夏休み。例年のように義経は香澄の家へと遊びに来た。

その正体は義経の姿をした、空という名のアンドロイドだ。

空は義経が幼い頃から瓦木家の一員として共に生活し、会社経営者である義経の父の秘書として長年活躍していた。

空は義経を幼少期から知る兄のような存在であり、声や仕草を再現し、誰よりも義経らしく振る舞うことが出来る。容姿は、アンドロイドの体表に、超高精度で人物像を表示する最先端のホログラム技術を活用。これによって空は、義経の代役として高いクオリティを発揮した。

義経の両親はすでに義経の死を受け入れており、姪である香澄の心のケアになればと、翌年も夏休みの時期に空を遣わせてくれた。

いつか終わりがやってくるとは思っていたが、それは想像よりもずっと早くやってきた。

だがそれで良い。終わりの訪れは、悲しみを乗り越えた香澄の未来への門出なのだから。

「……去年はまだ指摘する勇気がなかった。言葉にしてしまったら、本当に義経を失ってしまうような気がしたから。だけどいつまでも立ち止まってはいられない。今年こそは自分の足で前へ進もうと思った。じゃないと、いつまでも義経に心配かけさせちゃうから」

香澄の声は震えていた。覚悟を決めたとしても、自分の言葉で義経がもういないことを認めるのは苦しい。それでも香澄はその苦しさから逃げなかった。

「私はもう大丈夫。しっかりと、自分の足で歩いていけます」

その言葉は、目の前にいる空へ向けられたものであり、思い出の中の義経に向けられたものでもあった。もう迷わない。義経は死んだという現実を受け止めて、香澄は自分の人生を歩んでいく。

「空さん。今までありがとう。凄く、楽しかったよ」

香澄の目には涙が浮かんでいた。それはネガティブな涙ではない。未来へと進もうとする少女の前向きな感情だ。

「私も楽しかったです。あなたが立ち直れて本当に良かった」

義経を演じていたとはいえ、この町で過ごした夏休みは、空にとってもかけがえのない日々だった。香澄やその両親、棗さんと過ごした夏の思い出は、メモリの中に大切に記録されている。

「ねえ空さん。昨日の話を覚えてる?」

「将来の目標についてですか?」

「義経として振る舞っている空さんの前では切り出せなかったけど、今なら言えると思って。聞いてもらえる?」

「もちろんです」

「空さんと棗さんのおかげで、私は立ち直ることが出来た。まだ漠然とした目標だけど、この経験を活かして、いつかは私も困っている誰かの助けになりたいなって。そう思っているんだ」

「素敵な目標です。私も心から応援します」

アンドロイドの空だからこそ、心という響きには重みがあった。未来を思えるようになった今の香澄を、きっと義経も笑顔で見守ってくれている。

「お二人とも、そろそろ花火が始まりますよ！」

頃合いを見計らっていたようなタイミングで棗さんが姿を現した。

ほぼ同時に花火を打ち上げる音が聞こえ、美しい大輪の花が夏の夜空を照らし出す。

「空さん。来年もまた遊びに来てよ」

「ですが、来年からはもう来なくてもいいと」

「義経としてやって来る必要はないって意味だよ。今度来る時は義経としてではなく、空さんとしてここに遊びに来て。私も家族も棗さんも、みんなで歓迎するよ」

「ありがとうございます」

笑顔でそう言ってくれた香澄の顔を見て、空にも笑顔の花が咲いた。

「綺麗な花火」

「夏を感じますね」

香澄と棗さんが花火を見上げて感嘆（かんたん）の声を漏らす。今いる場所は、花火を見上げるには最高の場所だった。

「本当に綺麗だ」

夜空を彩（いろど）る鮮やかな花火を、空はその両目にしっかりと焼き付けた。また一つ、メモリの中にかけがえのない夏の思い出が増える。
アンドロイドの夏は、素晴らしい思い出の数々に彩られていた。

ポケットの向こう側

深山琴子

俺の制服のポケットと百瀬華乃のポケットがつながっていると気づいたのは、まだ残暑の熱が残る夏の終わりのことだった。

きっかけは、ポケットに入っていた一枚の紙切れだ。

入れた覚えのない四つ折りの紙切れ。それを広げると、どうやらA４のノートを切り取ったものらしく、中には日本史らしき授業の板書が書きとめられていた。

だけれど、それよりも先に目に飛び込んできたのは、板書の上に書き殴られた大きな文字だ。

《うざい　消えろ》

その文字を見た瞬間、思わず鳥肌が立った。

初めて見た、純粋な悪意だった。

今まで親や妹とつまらないことで喧嘩をしたり、友達と言い合いになったことくらいはある。でもこんな、直球な、明確な、はっきりとした憎しみは見たことがなかった。

なんだ、これは。

まさか……いじめ？

そっと教室を見渡す。でも、この教室に俺を嫌っているやつはいないような気がした。

自分で言うのもなんだが、俺はどんなコミュニティでも平和にやり過ごすことのできる中立国的存在だ。本心は見せないかわりに恨みを買うこともない、みんなのエキストラ、生徒A。

そうでなくてもうちのクラスは仲がいい。誰かが誰かにいじめを働くなんて、想像もつかないくらい。

やっぱりこれは俺宛てのものじゃない。

そう思えたのは、板書の字だった。

これは俺のノートじゃないのだ。いじめをするなら普通、いじめたい人物のノートに書くんじゃないだろうか。

ふと、教室の隅で声が聞こえた。

「ごめーん、英語のノート見せて！　宿題忘れちゃったぁ」

いつも仲のいい女子たちのやり取りだ。毎度のことなのか、お願いをされたほうの女子が口を尖らせながらノートを渡している。

その光景を見た瞬間、思い出した。

春に流れる小川のように、清らかな字を書く彼女のことを。

百瀬華乃は小学生の頃のクラスメイトだった。

いや、高校生となった今、小学生の頃のことなんてほとんど記憶の彼方に消えている。俺たちの関係を的確に言うならば、〝同い年だけれど高校は違う、家が近所なだけの顔見知り〟だろう。

俺たちは同じマンションに住んでいる。

俺の家は二階、百瀬の家は最上階の七階。階が違うからといってそこまで家賃は変わらないだろうけど、百瀬は育ちのいい、金持ちの気配がしていた。

ただ、百瀬はそれを鼻にかけることもない、物静かな普通の女の子だったけれど。

彼女の字のことはよく覚えている。

学校中の誰よりも美しかった。廊下に貼り出された作文も、黒板に記すチョークの字も、俺は密かに見惚れていた。

あのノートは彼女のものだ。たいした記憶力もないくせに、それだけは事実だと思えた。

じゃあなんで、彼女のノートが俺の制服のポケットに入っているのか……。

その日の放課後、俺は家へ帰らずマンションの敷地内にある公園へと向かった。

百瀬と最後に会ったのはいつだろう。百瀬と俺は登下校の時間帯が違うらしく、同じマンションに住んでいるというのにすれ違うのは年に数回程度だった。

それでも会えば二言三言は話す間柄だから、今話しかけてもぎりぎり気まずくはない。

……会って、どうしようというのだろう。

よくわからないまま、ブランコに乗って彼女を待つ。幼い頃よく百瀬と遊んでいたこの公園は、今は他人の顔をして夕闇に沈んでいた。

彼女がいじめを受けている確証なんてない。

それどころか、この紙切れが彼女のものという根拠もない。

なのに俺は、なにがしたいのか……。

ふと、ブレザーのポケットに手を入れる。そこで気づいた。

ない。

あの紙切れが、ない。

ブランコを止めてポケットを探る。でも、どう探しても中にはなにも入っていなかった。

たしかにさっき、ポケットに入れたはずなのに。

「――片野（かたの）くん？」

声をかけられて、驚いて顔を上げた。

そこには、腰を折り曲げて俺を覗（のぞ）き込む、制服姿の百瀬がいた。

揺れる長い黒髪。化粧っ気もないのにほんのりと艶めく、きれいな肌。

二重の大きな目で見つめられて、声が出なくなってしまった。

「やっぱり片野くんだ。どうしたの？　こんなところで」

「い、いや。……久しぶり。帰り、遅いのな……お前」

「塾行ってるから」

「あ、そうなんだ……」

次の言葉が見つからない。話題なんてクラスの女子相手ならすらすら出てくるのに、なぜか思考が止まってしまう。

そうこうしているうちに、百瀬が折った腰を元に戻した。

「じゃ、また……」

「あ、あのさ！」

咄嗟に引き止めた。同時に頭をフル回転させ、この先の会話を考える。

このポンコツ頭も、いつもこれくらい動いてくれたらテストでいい点が取れるだろうに。

「……お袋、最近パート始めてさ。今夜は自分でご飯買いなさいって金渡されたんだ。でも俺、ひとりでご飯食べられない派で……。……奢るから、メシ付き合ってくんね？」

俺の唐突な提案に、百瀬は少し考えてから頷いてくれた。

行き先は近所のハンバーガー屋になった。

一番近いからとここを選んだものの、店に入ってすぐに自分のチョイスを後悔した。

清楚系の百瀬に激安ハンバーガー店は似合わなすぎる。

「なんだか悪いことしてるみたい」

百瀬はポテトをひとつつまむと、ふっと笑った。

「塾からの寄り道禁止、ジャンクフード禁止、って言われてるから。お母さん厳しくて」

「あ、悪い……」

「ううん、違うの。楽しい。制服でハンバーガー、憧れだったんだ」

そう言って頬を緩ませる。なんだか嬉しそうだ。

いじめを受けているなんて、全然感じさせない雰囲気。

やっぱり気のせいなのだろうか。

「最近……どう？」

無言になるのが怖くて、なんの捻りもない質問をしてしまった。

会えば挨拶はしていたものの、ちゃんと話すのはかれこれ小学生ぶりだ。なにを話せばいいのかわからない。

「元気だよ。片野くんは?」

「俺も、元気」

「元気かぁ。そっか、よかった」

明らかに中身のない会話にも、百瀬は笑ってくれる。でも俺は上の空の笑みしか返せなかった。

本当に聞きたいのはいじめのことなのに、実際に彼女を前にすると聞くことができない。

それに、いじめが本当だとしても俺にはどうすることもできない。

学校の違う俺が彼女を助けるなんて、どう考えても無理だ。せいぜい話を聞いてあげるくらいが関の山。

……なんて。

俺は彼女を助けたかったのだろうか。

「……百瀬は最近、なにやってるの?」

頭がまとまらないまま、無意味に間をつなぐ。

すると百瀬は意外な返答をした。

「最近は、なんだろうなぁ。手紙を書いてるかな」

「……手紙?」

「昔から字を書くのが好きでね。それで今は、昔の友達とか親戚の子とかと手紙でやり取りしてるの。文通っていうのかな。意外と楽しいよ」

不意に、その手紙を受け取れる人たちを羨(うらや)ましく思ってしまった。

百瀬のあの字が、自分のためだけに紡(つむ)がれるのだ。

「……字、きれいな人は、自然となにか書きたくなるのかな」

つい呟(つぶや)いて、はっとした。

小学生の頃の百瀬の字を覚えているなんて、本人からしたら気持ち悪いに決まってる。あれから何年経(た)ってると思ってるんだ。

変に思われたのではと焦(あせ)っていると、百瀬がポケットからペンを取り出し、紙ナプキンになにかを書き始めた。

それを俺のほうに差し出す。

《ありがとう》

紙にはそう書かれていた。

「……ペン、いつも持ち歩いてるんだ。忘れん坊だから、いつでもメモできるように」

じっと見ていると、伝わってくる。言葉以上に感じる感謝の気持ちも、口にするには照れ臭い心のうちも。

……そうか。

俺は、この字を汚されることが許せなかったんだ。

ノートに詰まった、彼女の美しい世界。それを汚い言葉で踏み潰されることが許せなかった。俺がどうにかできるのなら、手助けしたいと思ったのだ。

そう気づいたと同時に、確信してしまった。

たった五文字でも、わかる。小学校の頃と変わらない文字の癖、形。

やっぱりあのノートは、百瀬のものだ……。


「……また、メシ誘ってもいいかな。今度は百瀬が好きな店にするから」

「うん！　でももう奢らなくていいよ。今度は私もお金払うね」

マンションのエレベーターで別れたあとも、もやもやとした感情が心を満たしていた。

百瀬がいじめにあっているのかいないのか、結局わからずじまいだ。

落ち着きなくポケットに手を突っ込む。すると、空っぽのはずのその中になにかが入っていることに気づいた。

ペンだ。ノック部分に猫のキャラクターがついた、可愛らしいボールペン。

――さっき、ハンバーガー屋で百瀬が使っていたもの。

ノートの紙切れが消えた。

そして今度は百瀬のペンが現れた、ということは。

百瀬のポケットの中が、俺のポケットとつながっている……？

いやいや。

そんなわけない。

そんな怪奇現象、起こるはずない。

そう思いながらも、まさか俺のポケットの中身も向こうに行くのだろうか、とおかしな妄想が頭をよぎる。

俺はもともとポケットに物を入れる習慣がない。だけど、念のため今後はポケットを使わないようにしなければ。

無意味な決意をしながら家に入る。

すると、閉めたばかりの背後のドアがまた開いて、どん、と背中を叩かれた。

「デート？」

妹の鈴が、にやにやしながら俺の顔を覗き込んでいた。

まだ中学生のくせに、鈴は毎夜友達と遊び回っている。俺とは真逆の、クラスの中心人物になるようなタイプの人種だ。

「見ーちゃった。いま華乃ちゃんとどっか行ってたでしょ」

「違ぇーよ。たまたま廊下で会っただけ」

「うっそだ！　ご飯誘ってたじゃん。お兄ちゃん、たまにはやるねー」

聞いてたのかよ。こいつのデリカシーのなさにはうんざりする。

鈴は俺と同じく、小さい頃に百瀬と公園で遊んでいたから互いのことを知っている。というか、俺より親しいくらいだ。鈴は誰にでもグイグイ話しかけるから、百瀬の心も容易にこじ開けてしまった。今でも時々家に遊びに行くらしい。

……百瀬は、鈴にならなんでも相談できるのだろうか。

そんなことを考えるとなぜかイライラしてきて、俺は鈴を無視して自室へと向かった。


そのあとも時折、百瀬を誘っては近所のカフェでご飯を食べた。

いつまで経っても目的を達成できる気はしなかったけれど、百瀬の楽しそうな顔を見れるのは嬉しかった。

「ね、この前言ってた三人オトコ旅、どうだったの？」

「あー、楽しかったよ。ヒッチハイクしたり、滝行してみたり。ホテルの予約できてなくて野宿しかけたりもしたなぁ。画像あるけど、見る？」

「見たい！」

会う度に百瀬の笑顔が増えていく。それが彼女と打ち解けつつある証拠のようで、そこはかとない嬉しさを感じた。

一方で、ポケットから現れる不穏（ふおん）な紙は止まることがなかった。

《今日もぼっち、かわいそうだね〜》

《顔キモいよ》

《学校来なくていいから》

無限に湧き出てくる、陰湿（いんしつ）な言葉たち。でも百瀬はなにも言わない。やっぱり俺の勘違いなんじゃないかと思わせるくらい、一緒にいても彼女からその話は出てこない。

そして俺も、その疑問を解消するための一言が出てこない。

『百瀬。今……学校、楽しい？』

なにも聞けない。立ち入れない。百瀬にとって、俺は相談する価値もないただの〝生徒A〟なのだと思うと、なにも切り出すことができなかった。

そんなある日のことだった。

学校からの帰り道、ふとポケットに手を入れるとなにかが手に触れた。

ハンカチだ。でも気になるのは、もうひとつのほう。

数珠（じゅず）。

……なんだ、これ。

新品みたいな、黒の数珠。ハンカチもいつものモコモコしたものではなく、薄い真っ白な生地で、触れるとわずかに湿っている。

なんだ……？

お墓参り？

平日の、こんな時期に？

それとも……。

……お葬式？

気になって、ついマンション前の公園で百瀬を待ってしまった。

ポケットの中の数珠はすぐに消えた。でも、胸に残る不安はいつまでも消えてくれない。

なにかあったのだろうか。

百瀬は今、なにをしているのだろうか。

なんで俺は、こんなに彼女のことが心配なんだろう……。

しばらくすると、マンションへ入ろうとする制服姿の百瀬が目に入った。

夜まで戻らないかもしれないと覚悟していたのに、塾がある日より早く現れたので驚いてしまう。

俺の視線に気づいた百瀬が振り返った。

「片野くん……」

百瀬はたくさんの紙袋と、花束を抱えていた。

仏花(ぶっか)、じゃない。赤、白、ピンク、華やかな色合いが百瀬の手元を彩(いろど)っている。

「……バレちゃった」

百瀬は呟くと、俺に近づいてきた。

そして少しためらいながら、口を開く。

「片野くん、ごめんなさい。……私、もうすぐ引っ越すの」

「……え？」

混乱して、体が固まった。

引っ越す？

引っ越す、って……？

「転校するから、今日、最後の登校だったんだ。片野くんにも言わなきゃって思ってたんだけど……なんだか言えなくて。ごめんなさい」

「え……。な……なん、で」

「これからはおじいちゃんの家に住むの。新潟に行くんだ」

新潟……。

新幹線を使えば会えない距離じゃない。でも、高校生の俺にとっては絶望的な遠さだ。
　頭が真っ白になる。
　同時に、さまざまな感情が入り乱れた。
　悲しさ。
　寂しさ。
　そして……。
　――悔しさ。
「なんで……そういうこと、なにも、言ってくれないんだよ」
　気づくと、唇から本音がこぼれ落ちていた。
　なにを言っているんだろう。
　俺だって、なにも言わなかったくせに。
　いじめの紙を見てしまったことも。
　本当は相談してほしかったことも。
　勇気がなくて。近づくのが怖くて。
　なにも言えなかったくせに。
「ごめん……」
　謝る必要なんかないのに、百瀬が呟いた。

「片野くん、最近ご飯誘ってくれてるけど、他にも友達多いから……私のことなんて、そんなに気にしてないかなって思ってた。だから、引っ越したあとに鈴ちゃんから伝えてもらおうかなって……。ごめんね。ちゃんと、自分の口で言わなきゃいけなかったよね」

百瀬がせっかく話してくれてるのに、虚しさに襲われてしまって言葉を返せない。

こんな形で別れるなんて。

こんな、中途半端な関係で離れるなんて。

言いたいこと、まだなにも伝えられてないのに……。

——言いたいこと？

その瞬間、頭の中にある言葉が舞い降りてくるのを感じた。

『好きだ』

急にその単語を言いたくなって、今更ながらに、自分の気持ちに気づく。

俺はずっと、百瀬のことが好きだった。

初めは、小学生の頃。

彼女の字を見て、心惹かれて。

そして、今。いつのまにか彼女の柔らかな笑顔に癒されるようになっていた。

ずっとそばにいると思っていた。

どこにも行かないと思っていた。

言うチャンスなんて、いくらでもあったのに。

いつでも声が届く場所にいたのに。

別れはもう、目の前。なのに、この今ですらも。

言葉が……出てこない。

「……百瀬」

好きだ、という言葉が喉元で消えていくのを感じる。俺はすばやく自分の生徒手帳を取り出し、メモ欄を破った。

書くものを探して体をまさぐっていると、百瀬が気づいてポケットのペンを貸してくれた。メモに自分の電話番号を書いて、百瀬に渡した。

「……もし……。……困ったことがあったら、連絡して。いつでもいいから。いつでも、会いにいくから」

彼女の目の縁が、夕日を浴びて波打ち際のように輝いている。

「……うん。うん……。ありがとう……」

——でも、わかっていた。

彼女は決して、俺には弱音を吐かないこと。

俺に頼らず、自分で解決しようとすること。

彼女はおそらく、いじめから逃れるために転校する。それを一言も、俺に話さなかったから。

そんな彼女に決断を押し付けても、彼女は……。

『好きだ』

『距離が離れてもいいから、付き合ってほしい』

俺はここで、そう言わなきゃいけなかった。

仮に、彼女が多少なりとも俺に好意を持ってくれていたとしても。俺が言わなければ、百瀬は離れる。距離の遠くなる自分と無理につながろうとはしないから。

だから、俺から言わなきゃいけなかったのに……。

それきり、彼女から連絡が来ることはなかった。


正月に実家に帰るのは、俺が家を出てから初めてのことだった。

大学を卒業して社会人になった俺は、自立するために引っ越していた。働き始めたドラッグストアでの業務はなかなかに多忙で、年末年始も関係ないため毎年実家に帰っていなかった。

でも今年は、お袋に「おせち食べに来なさいよ」としつこく言われ、なんとか三が日の最終日に来た次第だ。

ドアを開けると、ちょうど廊下に出ていた鈴とすれ違った。

正月に実家を訪れるのは五年ぶりだけれど、気が向いたときに顔は出しているので、そこまでのひさびさ感はない。

「あ、お兄ちゃんじゃん。あけおめ～」

「はいはい。おめでと」

軽い挨拶をしながらリビングへ向かう。

自分で呼んだくせに、お袋たちはいなかった。おおかた冬のセールにでも繰り出しているのだろう。

「鈴、最近調子どう？」

「めっちゃいいよ～。クリスマスに彼氏できたし。このまま続くといいなー。そっちは？」

「まぁまぁかな。仕事慣れて、楽しくなってきたところ」

昔は〝生徒A〟などと言っていた俺だけれど、今は随分と主体的に動くようになっていた。

お客さんの体調や悩みを聞き、時に薬剤師とも協力しながらよりよい商品を提案する。アルバイトの方たちにも積極的に話しかけて心と体のケアをする。そうして今は、充実した社会人生活を送れていた。

……変われたのはきっと、あの日の後悔があったからなのだろう。

荷物を置いてこたつに滑り込むと、鈴が対面に座って顔をしかめた。

「そーいう話じゃなくてさ。恋の話！　なんかいい人いないの？」

「ないよ。俺はいいの、今が楽しいから」

「ふーん」

つまらなそうな顔。彼氏ができて、今の鈴は恋愛モードなのだろう。

無視してテレビのリモコンに手を伸ばすと、鈴がぼそりと呟いた。

「……ところでさ。華乃ちゃん、いま苦労してるみたいだね」

どきりとして、伸ばした腕が止まってしまった。

鈴は脇に置いてあったみかんの皮をむきながら、じっと俺を見つめる。

「……百瀬？」

「うん。今年も年賀状来てさ。悲しい近況びっしりよ」

鈴が手を伸ばして戸棚から葉書を取り出した。見えた裏面に、懐かしい筆跡で『片野鈴さま』と書かれている。

毎年年賀状が来ていたなんて知らなかった。

というか、ショックだった。俺には音沙汰（おとさた）なしだったのに、鈴とはずっと交流があるらしい。

「就職した会社、業績が悪化して潰れちゃったんだって。かわいそすぎる」

「……マジか」

「華乃ちゃんって結構、不幸の星の下に生まれてるみたいなんだよね。切ない。お父さんが亡くなったときなんか、見てられなかったし」

ぴくり、と肩が揺れた。

みかんを食べようとしていた鈴の手も、ぴたりと止まる。

「あ、やば。これ内緒だったわ。ま、時効ってことで」

「なに？　いつの話？」

「華乃ちゃんが中三の頃だったかな」

それって……百瀬がまだ、このマンションにいた頃じゃんか。

不意に、ポケットから出てきたあの不思議なものたちを思い出した。

数珠と、ハンカチ。

「心配かけたくないからお兄ちゃんには内緒にしてってって言われてたんだ。華乃ちゃん、すぐ気遣うし、シャイだから」

「……別に、そんなのいいのに」

「シャイだから、初恋も実らなかったんだよね」

顔を上げた。

「華乃ちゃん、好きな人いたんだってさ。誰かは教えてくれなかったけど、その人もシャイで、でも優しくて、小さい頃から気にかけてくれてた人。その人は忘れてるらしいんだけど、小さい頃その人に猫のボールペンをもらって、華乃ちゃん、今でも大切に持ち歩いてるの。でもその人には今は自分の世界があるから、自分が入る隙間はないだろうなって諦めちゃったんだって」

『片野くん、他にも友達多いから……』

あの日の百瀬の言葉が蘇った。

そういえば、小さい頃の俺は性格のおとなしい百瀬のことが心配で、公園でも家でもよくかまっていた。

あの頃の俺は、自分の気持ちに素直(すなお)で……。

「だからさ、私、おまじない教えてあげたの」

鈴は妙にまじめな顔をしている。

「クラスで流行ってたおまじない。ポケットの底に小さな穴を開けておくとね、その穴から好きな人に自分の気持ちが届くんだって。華乃ちゃん、本当にやってたみたい。ただ、やっぱり迷信だったー、って言って笑ってたけど、それでも信じて、中学の頃も高校の頃も続けてたみたいだよ」

気持ちが、届く……？

高校生の頃、ポケットから出てきたものたちを思い出した。

いじめの、紙切れ。

——あれは、百瀬のＳＯＳ。

数珠とハンカチ。

——あれは、百瀬が本当は共有したかった悲しみ。

そして、猫のボールペン。

あれは……。

当時、百瀬はなにも言わなかった。

だけど、あれらは。

全部、俺へ伝えたかった百瀬の気持ちだったんじゃないか。

「……その、気持ちが届く、ってやつってさ」

気づくと、俺は突拍子もないことを口走っていた。

「過去とか……未来の気持ちも、届くのかな」

鈴がにやりと笑った。

「知んない。ポケットの中の世界は入り乱れててね、時空が歪(ゆが)んでるとかいう設定もあったよ。まぁ全部、女の子たちの妄想が詰まった噂話なんだけどね」

自室の扉を開けた。

五年前に家を出てからなにも変わっていない自分の部屋。掃除をしてくれているのか部屋はきれいで、こうして立っていると心が高校の頃に戻っていくようだった。

クローゼットを開けた。懐かしい高校の制服が、まるで主人の帰りを待っていたかのように俺を見つめ返した。

あの、数珠を思い出す。

百瀬の父親が亡くなったのは、中学三年生の頃。でも数珠がポケットから出てきたのは、高校一年生の秋だった。

あのポケットは、すべてが当時の時間とつながっていたわけじゃない。

過去や未来ともつながっていたんだ。

ブレザーを手に取り、ポケットを裏返した。よく見ると隅が不自然に切られていて、針も通らないくらいの穴が開いている。鈴の仕業(しわざ)だ。気づかなかった。

じゃあやっぱり、俺のポケットの中身も、百瀬の制服へ……？

机の中を漁り、紙とペンを手に取った。

当時、俺が動いたらなにかが変わっていたのだろうか。

俺に勇気があったら、百瀬の力になれていたのだろうか。

ペンを握りしめ、思うままに文章を書き殴った。

百瀬へ。
この手紙、届いていますか？
届いていたとしたら、いつの、百瀬ですか？
急に変なこと聞いてごめん。
ただ、伝えたいことがあって。
俺、百瀬と文通したくて。
もっと、百瀬と話したくて。
文通してくれませんか。
あと。
好きです。
ずっと好きでした。
片野夏樹（なつき）

……なんだ、この文。
手紙なんてほとんど書いたことがなくて、あまりの脈絡（みゃくらく）のなさに泣けてくる。でも今すぐその言葉を送りたくて、紙を折りたたむとブレザーのポケットに突っ込んだ。

ばかげてる。

こんなの、迷信以外のなにものでもない。

でも。

あの日伝えられなかった気持ちが、本当に、届くのなら……。

瞬間、目の前が明るくなって、思わず目をつむった。

光の気配はすぐに収まり、そっと目を開ける。俺は変わらず部屋の真ん中に座り込んでいた。

でも、なにかが違う。

机の上に、なにかがある。

色とりどりの、手紙の、束……。

手に取ると、すべての封筒にきれいな字で、同じ名前が書かれていた。

《片野夏樹さま》

「あ、あけおめ！」

突然部屋の外で鈴の声がした。

同時に聞こえる、ドアが閉まる音。誰かが来たらしい。でも、誰が？

なぜか胸が鳴っている。

「これから初詣（はつもうで）行くんでしょ？　お兄ちゃん部屋にいるよ。帰ってきたらおしゃべりしよーね」

呆然として、その場に立ちつくしてしまった。

コンコンと、ドアが鳴る。

その優しいノックの音を、知っていた。今日だけじゃない、今日まで何度となくその音を聞いた記憶が、頭に溢（あふ）れ出てくる。

未来が変わったんだ。

ようやく、届けられた。俺の気持ち。

俺は、ずっと。

百瀬のことが好きだった。

「――どうぞ」

今度こそ、俺は……。

打上花悲

水葉直人

この町で行われる花火大会での目玉といえば、何度体験しても圧巻の一言である二尺玉だ。無限の銀河を昇り、満天の星に巨大な花を咲かせる。その轟音は全ての音をのみ込み、衝撃は遠く離れた車のセキュリティを作動させるくらい強烈だった。

その花火大会の話で、教室内は朝から盛り上がっていた。中学三年生の夏。受験を控えた俺たちに夏休みは死語になっていたが、それでも、つかの間の休息になる花火大会にはみんな参加するようだった。

「大翔、なにぼんやりしてんのよ」

ホームルームが終わったあとになんとなく曇り空を見ていた俺の頭を、幼馴染の吉川唯奈がはたいてきた。

「って、いきなりなにするんだよ」

朝からいきなりの攻撃に怒りをぶつけるも、唯奈は涼しい顔のまま受け流す。保育園からの腐れ縁であり、互いに気をつかう仲でないからこその余裕が憎たらしかった。

「朝から辛気臭い顔をしてんじゃないの。それより、萌咲と話ついたの？」

呆れた顔で仁王立ちしていた唯奈が、真顔に戻して顔を近づけてくる。長身故にスタイルもよく、長い黒髪が自慢の唯奈は、顔のよさもあって男子の間では絶大な人気があった。その大きな瞳で見つめられたおかげで、俺の心臓は嫌でも早鐘をうつことになった。

「いや、まだ話してないというか」

「ちょっと、話してないって、花火大会は来週なんだけどどうするつもりなの？」

一気に語気を荒くする唯奈に、胸の奥に小さな痛みが走る。唯奈にとって坂本萌咲は一番の親友だ。だからこそ、萌咲の告白を受けた俺の煮えきらない態度に納得いかないようだった。

「近いうちに話はするから。用件はそれだけか？」

さらなるツッコミを恐れて会話を無理やり終わらせる。唯奈はなおもなにか言いたげだったが、俺の態度に折れたように追及してくることはなかった。

「とにかく、たのんだからね」

納得いかない表情のまま引き下がった唯奈に、声に出さずに「ウザいっつうの」と唇を動かしたところで、再び唯奈に頭をはたかれた。

「いた、っていきなりなんだよ！」

「今、ウザいって言ったでしょ」

俺の怒りに被せるように、唯奈が睨みをきかせてくる。声を出していなかったはずなのに、なぜか唯奈は心の声を理解していた。

「あのね、何年一緒にいると思ってるの？　それに、口パクでもなにを言ったかわかるのはお互いさまでしょ」

「そうだったな、って、だったら勝手に人の心を読むなよ」

自慢げに語る唯奈に、今度は声に出して非難する。唯奈は目を釣り上げていたが、そのまま自分の席に戻っていった。

――ったく、人の気も知らないでよ。

再び曇り空を見上げながら、小さくため息をつく。とはいえ、唯奈の気持ちはわからなくもなかった。萌咲の告白に対して、いまだに返事を出さない俺に不満があるのは仕方なかった。

――でもな、どうしたらいいんだ？

今にも泣きそうな曇り空に、再び胸の奥に痛みが蘇る。

唯奈は、ただの幼なじみだ。さらにいえば、恋人もいる身だ。

なのに、今さらになって抱いてしまった感情。

気づくと俺は、もっとも好きになってはいけないタイミングで唯奈に恋心を抱いてしまっていた。

放課後、唯奈に誘われてショッピングセンターに向かった。もちろん、俺と二人ではなく唯奈は彼氏と一緒だ。さらに俺の隣には萌咲がいるから、傍から見たら仲のいいダブルデートだが、俺にとっては拷問に近い内容だった。

「須崎くん？」

楽しそうに前を歩く唯奈たちをぼんやり眺めていたところで、萌咲の心配する声が聞こえてきた。

「え？　あ、なんだっけ？」

唯奈と違って小柄な萌咲が、強張った表情で見上げていた。どうやらなにかを話していたらしく、俺の反応がないことに心配になっていたようだった。

「悪い、つい、ぼーっとしてた」

慌てて言い訳を口にしながら、無理やり笑顔を作る。そんな俺に萌咲は怒るどころか、むしろ気づかいさえみせてくれた。

――ほんと、いい子だよな
屈託ない笑顔を浮かべる萌咲に、胸の中に重苦しさが広がっていく。萌咲は、一見おとなしそうに見えるけど、愛嬌の良さで唯奈に並ぶ人気の女子だ。その萌咲に告白されたことは本当に嬉しかったし、間違っても俺なんかが雑に扱っていいわけがなかった。

「ごめん、ちょっと大翔借りるね」

前にいた唯奈が急に俺の手を掴むと、有無を言わさず化粧品コーナーに引っ張っていった。

「おい、なんだよ急に」

突然の唯奈の柔らかな手に、意識がかすんで体中が熱くなっていく。そんな俺の抗議を無視して、唯奈はひとり楽しげに商品を選び始めた。

「ちょっと気になったのがあったの。で、試してみるから大翔の感想を聞きたいわけ」

「あのな、そんなことは彼氏に頼めよ」

「そうなんだけどさ、はっきり言ってくれるあんたに聞いたほうがいいと思ったの」

意地悪げに笑いながら、唯奈が俺を選んだ理由を口にする。悪い気はしなかったが、うまく返すこともできずに黙るしかなかった。

──楽しいんだろうな
溢れる笑みを隠すことなく商品を手にする唯奈を見ながら、必死でため息をのみ込み続ける。唯奈が手にする商品が俺のためじゃないことはわかっているが、不意に訪れた二人の時間に胸が高鳴るのをおさえきれなかった。

──でもな
唯奈を前にして、つい思考が暗いほうへ引っ張られていく。小さい頃からなにをするにも優柔不断だった俺は、いつも唯奈に助けられてきた。萌咲とのことも、最初は俺が気になると唯奈に話したのがきっかけだった。当然、俺がうまく立ち回れないとわかっているからこそ、唯奈はすぐに萌咲との間をとりもってくれた。

そのおかげで萌咲とつき合えるところまできたのに、直前で気づいてしまった自分の感情を前にして、俺は自分でも呆れるくらいにどうしていいかわからなくなっていた。

「ねぇ、悩みあるなら相談のるけど？」

「あ？」

「なんか悩んでいるように見えるからさ、わたしでよかったら聞いてもいいけど」

商品を手にしたまま、唯奈が緊張したような声で呟いた。その微かに震えた声が、ここに連れてきた本当の理由を物語っていた。

「なんだよそれ」

「だって、こんなに調子悪そうな大翔を見るのは初めてだもん。なにかあったんじゃないかって心配しただけ」

じっと俺を見つめたまま、唯奈がいらない気をつかってくる。だからこそ、いつもの冗談じゃないことは笑みの消えた顔ですぐにわかった。

——お前が好きなんだよって、そんなこと言えるわけないだろ
唯奈を見つめ返しながら、どう返事するか思案する。とはいえ、これまで唯奈には悟られないように気をつけていたはずなのに、いつの間にか勘ぐられていたわけだか

ら下手なことは言えなかった。

――もし、言ったらどうなる？

震えだした両手を握りしめ、乱暴な息を無理やりのみ込んでいく。わかっていることは、もし言ってしまえばこの関係が崩れるということだけだった。

「ねぇ、似合うと思う？」

いつの間にか試供品の口紅をつけていた唯奈が、これみよがしに唇を近づけてきた。その距離の近さと鮮やかな色に一瞬で心臓がはね上がった俺は、もうまともに唯奈を見ることができなかった。

「馬子にも衣装だな」

「なにそれ」

綺麗だとは言えず、慌ててついた悪態に唯奈が眉間にしわをよせて俺の胸をついてくる。激しく痛がってみせたが、本当に痛かったのは暴れる胸の奥だった。

「戻ろっか」

結局、俺からなにも聞けないと悟った唯奈が、再び彼氏のもとに戻っていく。その喪失感が今までにないほど胸を抉るのを感じた瞬間、もうこの気持ちにフタをするのは限界な気がした。

自分の気持ちに決着がつかないまま花火大会が目前まで迫ったときに、事件は起こるべくして起きてしまった。

その日、梅雨明け前のどんよりした曇り空の中、朝から日直のため早めに登校した俺を待っていたのは、苛立ちをあらわにした唯奈だった。

「大翔、ちょっといい?」

目が合った瞬間、話題は萌咲のことだとすぐにわかった。昨夜の電話でも、結局俺は萌咲を花火大会に誘うことはしなかった。

そのことを萌咲から聞いたのだろう。なかなかはっきりとしない俺の態度に、ついに唯奈の怒りは我慢の限界を迎えたようだった。

「なんだよ、今忙しいんだけど」

話の中身がわかっているからこそ、俺は冷たい態度で唯奈を退けた。正直、萌咲のことを今聞かれてもなんと答えていいかわからなかった。

「だったら手短にすませるから。ねぇ、なんで萌咲を花火大会に誘わないの?」

俺の態度に怯むどころか、唯奈は腕を組んで挑むように問い詰めてきた。考えてみたら、小さい頃から唯奈は一歩も引かない性格だった。だとしたら、ここはのらりくらりとはぐらかせる状況ではなさそうだ。

「別に、誘わないわけじゃないんだけど」

「だったら、なんで早く誘ってくれないのよ？」

「なんでって、そんなことをお前に言う必要ないだろ」

一番の原因である唯奈に、さらに冷たい言葉をあびせていく。胸にくすぶる感情はコールタールのようにどす黒さを増し、怒りとも悲しみとも取れる心の叫びはもう止められそうになかった。

「それによ、この前からなんなんだよ」

「なにって？」

「だいたいこの問題は俺と萌咲の問題だろ。なんでいちいちお前が口出ししてくるんだよ！」

「なんでって、萌咲はわたしの親友だし、あんたはわたしの幼馴染じゃない。だから、心配して当然でしょ」

一気にヒートアップした俺に、負けじと唯奈も言い返してくる。だが、いつもと違うのは、唯奈の目にはうっすらと光るものがあることと、明らかに戸惑っている表情だった。

「そういうの、まじ迷惑なんだよ」

「え？」

「幼馴染だからって、人のことになんでも勝手に首をつっこんでくるのがまじでウザいって言ってんだよ！」

幼馴染というワードに最後の防波堤が崩れた俺は、完全に思っていることとは別の言葉を唯奈に叩きつけた。

一瞬で静まり返る教室内に、俺の荒い息だけが広がっていく。しまったと思ったときには手遅れで、いつの間にか登校していたクラスメイトたちもなにごとかと俺達を遠巻きに見ていた。

「ごめん、わたし、そんなつもりじゃ――」

完全に気落ちした唯奈が、はっきりとわかるほどの涙をこぼした。その姿を見て、取り返しのつかない事態にまでなってしまったことと、完全に唯奈を傷つけてしまったことを思い知った。

「もういい、頼むからほっといてくれよ」

もう唯奈を直視できなくなった俺は、逃げるように席についた。いつもなら夫婦喧嘩かと茶化してくるクラスメイトも、今回ばかりはいつもと違う雰囲気に口を閉ざしていた。

全てが最悪だった。

一番傷つけたくなかった唯奈を傷つけてしまったことに気づいた瞬間、もう自分で自分をコントロールできなくなっていることがわかった。

愕然とした思いで両手を握りしめながら、窓の外へ目を向ける。

今にも泣きそうな雨雲を眺めながら、泣きたいのは俺のほうだと心の中で叫び続けた。


その夜も、いつものように萌咲から電話がかかってきた。花火大会の件だと察しがついた俺は、迷いつつも仕方なく電話にでることにした。

「あのね、須崎くん、ひとつ聞いてもいい？」

他愛もない話のあと、急に萌咲の声に緊張が帯びるのがわかった。いよいよ花火大会の件かと思った矢先、萌咲はとんでもないことを口にした。

「須崎くん、唯奈ちゃんのことが好きでしょ？」

完全に油断していたところに、萌咲の言葉が真っ直ぐ胸に突き刺さってきた。

「な、どうして？」

「隠さなくても大丈夫だから。この前、唯奈ちゃんたちと一緒に買い物に行ったときに気づいたの。須崎くん、唯奈ちゃんといたとき、すっごく泣きそうな目をしてたから」

淡々と話す萌咲の口調からは、萌咲の思惑は読み取れなかった。ただ、萌咲は俺の返事をいまだになにも言わずに待っているわけだから、その胸中は複雑なはず。そのうえで話を切り出しているとしたら、きっと萌咲も俺以上に辛い思いをしているはずだった。

「俺は――」

そんな萌咲になにかを言おうとして、そこで言葉が詰まる。なにを言えばいいのか、そもそもなにかを言える資格があるのかという思いが、強烈に俺の喉を締めつけていた。

「須崎くん、私のことなら大丈夫だよ」

続いて聞こえた萌咲の声は、明らかにふるえていた。それはつまり、萌咲が泣いていることを示していた。

「須崎くん、辛かったでしょ？」

「え？」

「唯奈ちゃんを傷つけたくなくて、ずっと我慢してきたんだよね？」

「いや、俺は、俺は――」

「須崎くん、もう大丈夫だから。私のことはいいから、今、全部吐き出して楽になってもいいんだよ」

頭がパニックになるくらいぐるぐる回る中、ゆっくりと滲むように萌咲のぬくもりが伝わってくる。萌咲は、こんな身勝手な俺をこの瞬間も優しく包もうとしていた。

だからだろう、震えるくらいスマホを握りしめていた手から力が抜けた俺は、最後の気力が抜けると同時に自分では止められないくらい涙していた。

「ほんと、ごめんな。こんなこと萌咲に言ったらダメなんだろうけど、俺、もうどうしていいかわからないんだ」

ぐちゃぐちゃに乱れた感情が、激流のように口から溢れ始める。萌咲の告白に応えようとしたのに、なぜか唯奈のことを好きになってしまっていたこと、でも絶対に表に出すわけにはいかないから隠そうとしたけど結果的に唯奈と萌咲を傷つけてしまったことを、勢いに任せて洗いざらい吐き出した。

「俺って本当に最低だよな。せっかく萌咲に告白してもらったのに、肝心なところで唯奈を好きだって思ったりしてさ。そんなこと許されるはずないってわかっているのに、全然自分で気持ちにけりをつけられないし、本当に俺って馬鹿で優柔不断だよな」

「須崎くん、そんなに自分を責めないでよ。人を好きになるのは仕方がないことだと思うよ」

「けどさ」

「けどはなしだよ。いい？　須崎くんが唯奈ちゃんを好きになったのは、決して悪いことじゃないから。わかった？」

　俺を悟す萌咲のはっきりとした口調からは、強固な意思が感じられる。本当なら俺に文句を言ってもおかしくないのに、怒るどころか俺を悪くないとさえ言い切っていた。

「あとは、須崎くんがどうするかだよね。このままでいいのか、気持ちにけりをつけるのかは、須崎くんが決めるべきだと思うな」

　萌咲の言葉に刺激され、自分の気持ちと再度向き合ってみる。考えてみるまでもなく、気持ちとしてはけりをつけたかった。この気持ちは唯奈を傷つけるだけだとわかっているし、それに、今の情けない自分から変わって、きちんと萌咲の告白に応えたい思いがあった。

「気持ちは、けりをつけたいと思っている。でもどうしていいのかがわからないんだ」

「それなら、たったひとつだけ方法があるよ」

　俺の言葉にしばらく黙っていた萌咲が、ひとつの提案をしてきた。

「それって、唯奈に告白しろってこと？」

　萌咲が提案したのは、直接唯奈に気持ちをぶつける方法だった。当然、そんなことしたら今の関係は完璧に壊れるから、俺としては受け入れられなかった。

「そう。でも、安心して。ひとつだけ唯奈ちゃんを傷つけない方法があるの」

そこで一呼吸置いた萌咲が、魔法のような方法を説明し始めた。最初は意味不明だったが、萌咲の意図する内容がわかったところでようやく腑に落とすことができた。

「なるほどな。確かにそれだと、唯奈を傷つけることなく告白できるかもしれない」

そう口にしながら、萌咲の提案に解決の糸口を見つけた俺は、迷うことなくやることに決めた。

「唯奈ちゃんのことならわたしがうまく誘うから、須崎くんは覚悟だけ決めておいてね」

「覚悟？」

「うん、だって、この方法は恋が実るんじゃなくて終わらせることになるんだから」

わずかに遠慮したような萌咲の言葉に、かすかに動揺が襲ってくる。萌咲の提案だと、唯奈が傷つかない代わりに俺の気持ちはただ終わることになるだろう。だが、今の俺にはそれでもかまわなかった。いや、むしろそのほうがいいと思えた。

「萌咲、本当にありがとな」

段取りよく計画を立てていく萌咲に、つい言葉がもれる。萌咲は恥ずかしそうに言葉を濁していたが、それでもかまわず繰り返し礼を告げた。

「萌咲、最後にひとつ聞いてもいい？」

「なに？」

「どうして俺に告白しようと決めたんだ？」

「それは、当たって砕けろじゃないけど、ただ、言わなくて後悔するくらいなら気持ちを伝えて前を向きたいと強く思ったからかな？」

そう呟いた萌咲は、照れくさそうに笑っていた。でも、そのおとなしい性格からは想像つかないくらいに力強い言葉に、驚いて笑いそうになりながらも気持ちを奮い立たせる勇気をもらえたような気がした。


二年ぶりに再開された花火大会は、以前の盛況を取り戻すかのように多くの観覧客で賑わっていた。

じわりと汗が滲む蒸し暑さの中、夏の夜を彩る屋台の列を抜けて観覧席となる山を背にした公園に向かい、さらに秘密の観覧スポットへ向かった。

――いよいよだな
小学生のころ、偶然見つけた山間の秘密の観覧スポットに立って昔を思いだす。あのとき、唯奈と大喧嘩して初めて別々に花火大会に行くことになり、そのとき迷子になった二人が辿り着いた場所がここだった。

お互い気まずかったが、いつも以上に綺麗に見えた花火のおかげで、気づくといつもの二人に戻ることができたという特別な思い出もあった。

だから、この場所で唯奈に告白することに決めた。もちろん、この恋が実ることが目的ではない。唯奈への気持ちが本気だとしても、それは唯奈を傷つけるだけだとわかったからこそ、きっちりけりをつけて優柔不断な自分を変えるのが目的だった。

それができれば、あの日のようにいつもの二人に戻れるはずだし、今度こそちゃんと萌咲と向き合うこともできると信じていた。

生ぬるい風を頬に受けながら、始まった花火をぼんやりと眺める。満天の夜空に次々と咲く色とりどりの花火は、高ぶった俺の気持ちを次第に落ち着かせてくれた。

「大翔！」

連続花火が空に広がる中、聞き慣れた声が聞こえてきた。一気に緊張しながらふりむくと、泣きたくなるくらいに綺麗な浴衣姿の唯奈が立っていた。

「やっぱりここだったんだね」

なぜか一人で現れた唯奈が、怒りもせずに隣に並んでくる。その横顔に気まずさはあったが、いつもの笑みが見えて緊張がわずかにほぐれた気がした。

「よくここにいるとわかったよな？」

「あたりまえじゃない。だって、ここは特別な思い出の場所でしょ？」

同意を求めるように、唯奈が横目で眺めてくる。唯奈が覚えていたことが嬉しくて、まるであの日に戻ったように俺は素直に頷いて返した。

前半の花火が終わり、照明が消えていく会場が、いよいよメインである二尺玉の打ち上げを演出していく。しばらくして二尺玉のアナウンスが始まり、やがてカウントダウンへと移行したところで吐き気と共に緊張が一気に押し寄せてきた。

――やば、こんな状態で言えるのか？

めまいにまで発展した緊張に震える手を握りしめながら、必死で勇気をふりしぼり続ける。泣いても笑ってもチャンスは一度なだけに、潰されそうな喉に力を込め続けた。

――今日、絶対に変わるって決めただろ！　優柔不断はもう終わりにしろ！

今にも逃げ出したくなり、告白しない理由を考えようとする自分に活を入れる。俺の迷いをよそにカウントダウンは進んでいき、いよいよ二尺玉が轟音を轟かせて満天の銀河を切り裂くように打ち上がったときだった。

『言わなくて後悔するくらいなら、気持ちを伝えて前を向こうと決めたから』

不意に脳裏によぎる萌咲の言葉。俺に告白すると決めたとき、萌咲はそう覚悟を決めたと言っていたのを思い出した瞬間、俺は意を決して夜空を見上げた。

――よし、今だ！

空を切り裂くように打ち上がった花火は、一拍の呼吸のあと、銀河のキャンバスを埋め尽くすかのように巨大な花を咲かせた。

「俺、お前のことが好きだったんだよ！」

やや遅れて襲ってきた爆音と衝撃に合わせ、全ての感情を吐き出すように声をふりしぼる。爆音と衝撃は想像以上で、唯奈は俺を一瞬見ていたけど、衝撃に耐えるかのように首をすくめているだけだった。

その姿を見て、告白は成功したと確信した。萌咲が教えてくれた方法。それは、二尺玉が放つ爆音と衝撃に合わせて告白するというものだった。

当然、俺の声は爆音と衝撃に消されて唯奈に届くことはない。それでも、全ての感情を吐き出した。衝撃が通り過ぎたあとに残ったのは、余韻を披露するかのように消えていく巨大な花火の欠片だった。やがてその欠片も完全に消えていき、俺の恋も花火と共に散ったことを実感した。

「綺麗だったな」

「ほんと、綺麗だったね」

最後のひとひらまで見届けたあと、そっと唯奈に声をかける。泣きたい気持ちもあったが、無理やりのみ込んで久しぶりに唯奈とまともに向かい合った。

「色々と悪かったな」

「もう大丈夫なの？」

「ああ、大丈夫だ。心配かけてごめんな」

ふっと胸が軽くなったことで、自然と言葉が溢れ出てくる。本当はきちんと謝りたかったが、それを拒否するかのように唯奈が笑みを向けてきた。

「ううん、大丈夫ならそれでいいよ」

その言葉は、あの日と同じだった。さらに、俺がおかしくなった理由を追及することなく笑って水に流してくれたおかげで仲直りすることができた。

「あのさ、俺、今日萌咲につき合おうと返事するよ」

わずかに気まずさが残る空気を押し切るように、唯奈に伝えたかったことを口にした。

「そっか、ならよかった。でも、萌咲のこと泣かしたらぶっとばすからね」

俺の言葉に満足そうに頷いたあと、唯奈が握りこぶしを見せてくる。おかげで唯奈がいつもの調子に戻っているのがわかり、俺も久しぶりに素直に笑うことができた。

「それじゃ、お互いに待つ人のところに戻るとしますか」

後半の花火のアナウンスが流れてきたところで、唯奈が切り出してくる。「そうだな」と返して二人並んで歩きだした、そのときだった。

――え？

不意に見えた唯奈の唇の動き。唯奈は微笑(ほほえ)んではいるが、両目の端には滲んで光るものがあった。そのアンバランスな表情のまま、確かに『大翔、ありがとう』と口パクしたのを見逃さなかった。

――なんだ、そういうことかよ……

すぐにいつもの表情に戻った唯奈を見て、俺は全てを理解した。

唯奈も俺も、お互いのことは声に出さなくても唇の動きだけで言葉を理解できる。ということは、俺が告白しているときに唯奈は俺を一瞬見ていたから、告白には気づいていただろう。

だが、唯奈は最後まで気づかないふりをしてくれた。それは、おそらく俺がひとりでけりをつけようとしているとわかったからこその、唯奈なりの精一杯の気づかいだったのかもしれない。

――やっぱり、お前は最高の幼馴染だよ
唯奈の横顔を見ながら、心の中で呟いてみる。幼馴染であることを呪ったこともあったが、今では唯奈を好きになったことに後悔はなかった。

そんな風に思えるようになった俺を、余韻を彩る仕掛け花火がきらびやかに祝福しているような気がした。

一秒足らずの言葉

南雲一乃

彼女には記憶が全てだ。

たとえ僕を失ったとしても、彼女の記憶だけは救わなきゃいけない。


駅の改札から屋外へ出ると、むせ返るような夏の匂いが鼻の奥をついた。ほんの少し歩いただけでうなじやこめかみがじわりと汗ばむ。目的地に着く頃には、僕はくたくたのびしょ濡れになっていた。

先方が指定した待ち合わせの場所は、彼女が住むアパート付近の公園だ。今日の都内はかんかん照りで、夏休みの昼間だというのに公園には人っ子ひとりいない。日を避けられる場所を無意識に目で追うと、唯一木陰になっているベンチがある。

ベンチには先客がいた。全身黒ずくめの男だ。

「あ……」

〝彼〟だ。

待ち合わせの時に相手の人相を伺っていなかったけれど、その男が——茶色のサングラスをかけて、いかにも胡散臭さを漂わせた細身の若い青年が——僕の会うべき人間であることは疑いようがない。

青年は足を組んで本を読んでいる。ハードカバーの単行本。

どきりとした。

間違いなく皐月の本だ。

恐る恐る青年の横に座った。先ほどまで日に焼かれていた僕にとって、木陰の下はひんやりするほどに感じられる。

「彼女、売れっ子作家なんだってね」

青年は本から目を離さず、声だけをこちらに発した。

「は、はい」

挨拶もなく、前置きもない。だが相手を失礼だとは思わなかった。ひとりでも皐月の本を読み、皐月の世界を覚えていてくれることが、僕をひどく安心させる。

だが青年の次のひと言で、僕はその安心を打ち壊され、残酷な現実に引き戻された。

「で、きみは彼女の何を救いたいの？」

――青年は『記憶を差し出す代わりになんでも願いを叶えてくれる』という、都市伝説のような存在だ。SNSでまことしやかに存在が囁かれてきたが、人間かそうでないかも定かじゃない。

もちろん彼には僕と皐月の事情を一切話していない。それにもかかわらず、彼は僕らをとりまく状況の全てを把握しているようだった。下手をすると、僕よりも。

彼は、本物だ。願いを叶えてくれるというのも、きっと本当に違いない。

「……皐月は、その、若年性アルツハイマーで」

「へぇ」

「あれ、やっかいなんですよ。何を忘れたかを思い出せないのに、忘れたこと自体は覚えているんです」

「へぇ」

「進行を遅らせられるけど、完全に治すことはできなくて」

「要点を欠く会話はきらいだな」

青年はこちらをちらりとも見ようとしない。

都市伝説に出会えたからといってゴールというわけじゃないと、僕はようやく理解した。願いを聞き入れてくれるかどうかは、彼の興味をどれだけ引けるかにかかっているのだ。

「で、きみは彼女の何を救いたいの？」

先ほどとまったく同じ抑揚で再度問いかけられた。……三度目は無さそうだ。

「僕の願いはただひとつです。彼女の症状を取り除きたい」

青年は背表紙を支えていた片手で本をぞんざいに閉じ、ベンチに置いて、やっとこちらを向いた。

綺麗で透き通った肌をしている。この暑さのなか黒づくめの格好をしていながら、汗の一滴もかいていない。とても男性だとは……いや人間だとは思えないほどの、超然とした美しい顔。とはいっても、目元は茶色いサングラスに遮られて、何を考えているのか見抜くことはできそうにない。

「きみ、この本の作者の恋人？」

「婚約者です」

「ここまできて取り繕うことに意味はないよ」

「元、婚約者です」

なるほど、と青年は呟いた。

「願いを叶えるとなると、代わりにきみの記憶をもらうことになるよ」

「わかっています」

どうにかこうにかネットを駆使して彼とコンタクトを取る手段を探し回り、やっとここまでこぎつけたのだ。心霊現象より荒唐無稽な伝説であろうともかまわない。僕は藁にもすがる思いだった。

「こう言うのはなんだけどさ、きみだけじゃないんだよ。恋人が記憶をどんどん取りこぼして、お互いを愛したことすら忘れ去られる境遇の人」

青年は歌うように残酷な現実を述べ立てる。

「それでもみんな、認知症と向き合っているわけでしょう。なのにどうしてこの僕が、ありふれた境遇のひとりでしかないきみの願いを叶えなければならないの？」

「彼女は記憶が全てです」

「だから？」

「僕を忘れるよりも、文を書けなくなることが……世界がなくなることのほうが、きっと彼女にとっては〝死〟なんです」

くっ、と喉を鳴らして、青年はうっすらと口元に笑みを浮かべた。

「口先こそ説得力に欠けるけど、いいよ、叶えよう。代わりにもらうきみの記憶は……」

青年は意味深に言葉を区切った。茶色いレンズ越しの視線が、こちらを射抜いてくる。

「きみ、生きてきた実年齢分の記憶がいきなりごっそり消えるって、どういう気分だと思う？」

「それは」

彼女を想うどころか、僕自身の今後の生活さえ、おぼつかなくなる。

「おぼつかなくなるだけで済むのならおめでたいねえ。記憶を甘く見ないことだ。自己存在意義が根こそぎ奪われて、蓄積してきた人間的な感情もなくなるってことだよ。発狂するかもしれないし、その間の苦しみこそ地獄かもしれないが、きみ自身はそれに対して羞恥を覚えることすらないんだ。さながら獣だな。だけど周りはどうだろう？　そんなきみを構い続けてくれるだろうか」

　喉がからからに干上がって、声が出なかった。きっと暑さのせいだけじゃない。

「怖気づいた？」

「……少し」

「素直なのはきらいじゃないな」

　僕のざらついた声に青年は失笑して、公園の日向にある時計台を見上げた。

「十五時まで待ってあげよう。それまでにきみがノーと言わないのなら、十五時ちょうどに記憶をもらう」

　十五時まであと小一時間だ。

　記憶がごっそりなくなる。どんな感覚だろうか。皐月なら描写できるだろうか。

　気づけば僕は、青年が読んでいた本に手を伸ばし、表紙を指でなぞっていた。

「あの……これ、借りてもいいですか」

「どうぞ」

「ありがとうございます」

　十五時になるまで、僕には引き返す時間がある。

　十五時を過ぎれば、僕は彼女のことを綺麗さっぱり忘れてしまう。

　覚悟はしてきた。皐月にとっては、僕よりも小説の世界のほうが間違いなく大事だ。

だから僕はずっと、皐月にあの言葉だけは言わずにいた。

なのに、物事を忘れるなどという理不尽極まりない症状のせいで筆を折るのは、あまりにも耐えがたい。

あまりにも……。

僕は皐月の書いた本を開いた。


僕が皐月と出会ったのは、彼女が小説家としてデビューする前だった。

出会いの場は大学の図書館だ。皐月といったら普段からそこに入り浸ってばかりいて、ほとんど図書館に住まう妖精だった。

その日、僕は借りていた本を読んでいた。

あと数十分で閉館になろうかという時刻にさしかかったとき、ふと席の斜め向かいの椅子が引きっぱなしになっていることに気づいた。テーブルには分厚いコピー用紙の束が置いてあり、よく見るとそれは小説の原稿だった。僕は少しばかりためらったけれど、引きっぱなしの椅子に座り、原稿に指先で触れた。

誰かが忘れていったのだろう。閉館までに取りに来なかったら、遺失物として届けてあげようと思った。誰かが作った物語は、それだけで神聖なものだ。万が一捨てられてはもったいない。

遠野皐月というのが小説の作者の名前だった。本名かもしれない。

僕はなんと度し難い馬鹿だったのだろう。神聖なものだと思っていた原稿の一ページ目を、許可を得ず勝手に開いてしまった。

全てはその一ページのせいだ。まんまと引き込まれて、気づけば僕は夢中で原稿をめくり続けた。だから、顔を真っ赤にしながら鬼の形相で僕を見おろす女性の気配にも、まるで気づかなかったのだ。

「返してください」

押し殺した声にびっくりして視線を上げた。とたんに自分が何をしでかしたのか気づいて、その場で飛び上がる。

「す、すいません。誰かが忘れていったみたいで、放置されたら可哀想だとおも――ぶっ」

強烈な平手をくらった。

おそらく皐月という名前の女性は、そのまま原稿用紙をひったくって閲覧室から出ていく。僕は平手の衝撃でほとんど千鳥足に近い歩調になりながら背中を追いかけた。階段の踊り場で追いついた。振り返った女性は眼鏡をかけていて、髪は染めておらず、化粧っ気もない。今時の大学生にしては素朴な人だ。

彼女はこちらを睥睨していた。やはり相当怒っているらしい。

「勝手に読んですみません。でも、これだけは言わせてください。面白かったです。まだ途中だけど、もしよかったら最後まで読みたい」

「そんな無責任なこと、言わないでください。社交辞令なら間に合っています」

彼女の言葉には面食らった。

「お世辞じゃないです、本当に。最後まで読ませてくれなかったら夜も眠れないし、家にある積読用の小説もきっと頭に入らない」

「いったい、どこがどうよかったというんですか」

「僕の感想を聞いてくれるんですか。だったらお時間作ります。たぶん一時間じゃ終わらない」

僕の言葉を受けて、彼女はうつむいた。原稿用紙をぎゅっと握り、耳まで真っ赤になる。

それが僕たちの出会いだった。

図書館で邂逅して以来、僕らはちょくちょく言葉を交わすようになった。といっても正確には、僕が一方的に皐月に構っただけだ。

僕は読むことにかけては誰よりも量をこなしている自覚があったが、皐月は大量に読む上に、大量に書く。彼女の生活サイクルがいったいどうなっているのか——何を見て、誰と接して、どのように心を揺らして小説を書いているのか――とても興味が湧いたからだ。

皐月は他人と接することに恐怖を抱いているようだった。サークルにも入らず、飲み会にも参加せず、淡々と大学の授業を受けて帰る日々。

誰ともつるまないのに、なぜあれだけの世界を描くことができるのだろう。もしかして、誰ともつるまない孤独こそが彼女の世界を構築しているのか。

僕が積極的に会おうとすると、彼女は疑いをはらんだ暗い目で僕を見つめてきた。

「何が目的なんですか」

目的などない。彼女にそう言われるまで、よこしまな気持ちなど持っていなかった。皐月がそんなことを言うから否応なしに自覚してしまったのだ。僕が好きなのは、彼女の小説だけではないのだと。

「僕はたぶん、きみ自身にも惹かれているんだよ」

「そんな人間、いるはずがありません」

言葉の意味がわからず、僕は首をひねるしかなかった。皐月は物分かりの悪い相手に向かって癇癪を起こす寸前の子供のように、顔を真っ赤にする。

「この世で私を好きになる人間などいません」

「どうしてそう思うの」

「そ、そうじゃなきゃいけないんです」

皐月は常にこんな調子だから、僕が送ったメッセージにも一切返信を寄越さない。だけど書いた小説だけは読ませてくれるので、僕は「印刷代は払うから」と言いくるめて、小説をいちいち印刷してくるように頼んだ。紙の原稿じゃないと読めないと嘘をついたのだ。

姑息な手を使って小説を読む数時間だけ、僕は彼女に会うことを許された。

「読んだよ」

原稿を返す瞬間、彼女の綺麗な指にあえて触れる。

なんて下劣さだ。自覚はある。

一瞬の触れ合いを皐月が拒絶しないことだけが唯一の救いだ。

「原稿、どうでした?」

「とりあえず、本日も面白うございました」

僕が言うと、決まって皐月はほっとした顔になる。

「ただ、キス前後の描写はちょっと強引だった気がするなぁ」

皐月はびくりと全身を震わせた。

ああ、またた。また皐月は、僕の無意識から出た言葉を下心に変えてしまった。彼女がそんな初心な反応をするまで、あの言葉は誓って小説の感想でしかなかったのだ。

「し、しかたがないじゃない」皐月は初めて敬語を外した。「し、したことないんだもん」

「何を？」

僕は意地悪な男だ。それも認めよう。

「何って」皐月が目をそらす。「キスを」

「すればいいじゃない。今、ここで」

「……からかわないでください」

「からかってないよ」

皐月はさらに赤らんだ顔で、首が折れてしまうほどに俯いた。

「皐月は僕がきらい？」

別にそれでも構わない。一方通行でも。

だけど彼女は、首を左右に強く振る。

「そうじゃなくて」

皐月の縮こまった肩を掴む。拒絶はされなかったけど、顔を上げてくれない。

「……あなたを好きになったら、私はきっと書けなくなってしまう。愛しているなんて言われた日には、満たされてしまうから」

そうじゃなきゃいけないんです、という皐月の言葉を思い出した。

「小説は私の全てです。私が書けなくなったら、あなたはきっと私をきらいになる」

皐月は肩に置いた僕の手を払って、決然と顔を上げた。

「それだけは嫌です。だって、私――」

唇を塞いだ。

だって、これ以上の言葉が必要だったと思うか？

肩をきつく抱いて、もう片方の指は彼女の柔らかな髪を梳く。

彼女が固まって、たとえこちらに応じなくても、それでいい。

息なんて忘れて、キスが孤独だとわからせてやればいいんだ。

呼吸なんてできなくていい。

きみは書けないなんてことはない。何があっても……。

ほんの少し口を離す。呆然とした皐月の上唇に触れたまま、囁く。

「僕は皐月の描く世界が大好きだ。ただ、それは全部孤独でできている。きみの孤独を壊すことは、本当に戦犯級のことだよ」

だから僕は、きみに「愛している」と言う愚を犯すつもりはない。

「きみが恐れる言葉だけは、言わない。だから――」

だから、代わりにもう一度キスをねだった。

長い口づけの間――たぶん、皐月にとってのはじめてのキスの間――最後の最後で、彼女は理解してくれた。全身の力を抜いて、僕を受け入れてくれた。

そうだろう。

僕は全部わかっている。

「皐月」

たまらなく、愛(いと)おしい。

「付き合おうよ」


僕たちの恋人関係は、周りから見たらひどく冷たいものに見えるかもしれない。

皐月が会いたいと言うまで一週間でも二ヶ月でも会うことをせず、小説を見せてもらう以外で連絡をしない日々。

まったく苦には感じなかった。彼女の書く小説はたまらなく面白かったし、日に日に愛おしいものになっていく。

僕らは小説のことで語り合い、彼女が脱稿(だっこう)したらほんの少し甘え合うだけで十分だった。その時ですら「愛している」と唱えることだけはしない。キスをして、触れ合っても。

僕らが出会ってから一年ほど経ったタイミングで、皐月は文壇(ぶんだん)デビューを果たした。同時に僕らは婚約をした。結婚を目前にしてやっと同居の話題が出始めたけど、たとえそうなったとしても僕は執筆中の皐月をほとんど放置するに違いない。

僕にとっては、皐月が満たされて小説の世界を失うほうが怖い。

彼女の孤独を、決して埋めてはいけないのだ。

皐月は執筆に没頭(ぼっとう)すると周囲の生活をおろそかにする悪癖(あくへき)があったので、そこは全面的にケアすることにしていた。彼女は今日も缶詰のごとく部屋にこもりきりだったので、僕は食材を買い込んで、合鍵を使い皐月のアパートに入った。

皐月には声をかけず、キッチンに直行して冷蔵庫を開ける。

「うおっ」

冷蔵庫のど真んなかに大きな黒光りを見つけて、とっさに後じさった。

ごきぶりか？　最初はそう思ったが、黒い物体はまったく動かない。それによく見ると、ごきぶりよりももっと大きい。

ワイヤレスマウスだった。皐月が執筆で使っているものだ。なぜこんなところに？

僕はマウスを持ってすぐに書斎(しょさい)へ向かった。

皐月はしばらく見ないうちに少しやつれた。ここ最近は連載が三本に書き下ろしが一本控えていたので、かなり忙しいはずだ。

「皐月、これが冷蔵庫に入ってたよ。とうとうネタが尽きて荒ぶったのかい？」

「あ……ねえ、ちょうどよかった。聞きたいことがあったの」

皐月が手元のメモ帳を僕に差し出す。

「ここに予定が書いてあるでしょ。たぶん人に会うはずだったんだけど、思い出せない。編集さんじゃないみたいだし……すっぽかしたらまずいかも。あなたなら覚えてる？」

僕はマウスを取り落とした。

「それ、きみの作品の登場人物……」

——そのあとのことは、もう、思い出すのもひと苦労だった。彼女の取り乱しようといったら、データの入っていたパソコンが壊れたほどだ。僕はジタバタする皐月を車に乗せて、そのまま病院へ向かった。

皐月は若年性アルツハイマーと診断された。

物忘れに始まり、進行するとこれまで常に出来ていた物事の手順を失念したり、自分がどこにいるのかも時々わからなくなったりする。それらが本人を精神的に追い詰めてしまう。

彼女が描く孤独や小説の世界は、決して症状の進行を遅らせてはくれない。皐月は忘れていくあらゆるものに対して、暴れ、ヒステリックになり、やがて絶望した。

僕は彼女から片時も離れられなくなった。きっと、ほんの少し目を離した隙に、彼女はあらゆる意味で死んでしまうだろう。それだけは確信できた。

「もう、何も思い出せない。あなたからもらった小説の感想も、どこで会ったのかも、指輪がどこにあるのかも」

皐月の涙が、ずいぶん前から肌をがさがさにしてしまっていた。

「私たち、いつ初めてキスしたんだっけ？」

彼女の記憶が、孤独が、世界が、徐々に蝕まれていく。

いっそのこと僕らがお互いを愛したせいで彼女が筆を取れなくなったのなら、どれだけよかっただろう。

僕ももう、限界だったかもしれない。ふたりで泣きながら、何度もキスをした。

この記憶すら、皐月はいつか忘れてしまう。

「ねえ、婚約解消しよう」

最後のキスのあと、皐月はほとんど聞き取れない声で、言った。

「もう、ここには来なくていいよ。明日からは自分の時間を生きて」

それが僕らふたりの、最後の会話だった。

公園に来てずいぶん時間が経ったように思えたけど、太陽の日差しは相変わらず地面を刺すように僕らの一歩先を照りつけている。

「『自分の時間を生きて』、ね」

隣に座る青年の声は、僕らを嘲笑っているかのようだ。憤りを覚えた。青年の口調にではなく、言葉を発した皐月本人に。

「彼女に捧げた時間が、僕の時間そのものです。それを、まるで偽物みたいに……」

「まあ、ある意味偽物なんじゃないの。だって今からそれを売り飛ばすわけでしょう、彼女を救うために」

　青年を怒る気力も、睨む気力ももうない。

「きみはさ、彼女を救う代わりに――つまり、彼女にとってのきみの記憶をとどめておく代わりに、今度は彼女を忘れようってわけだ」

「傲慢だとでも言いたいんですか」

「何も言っていないけど」

「皐月が僕を突き放すのなら、僕が皐月のあずかり知らないところで彼女を救おうが勝手です。好きになって、愛して、抱きしめて、それでも……卑怯者に成り下がってでも、彼女の孤独を生かし続けたんです」

「だから彼女を救うために彼女を忘れることも、悪いとはまったく思わない、と」

　僕は、傲慢で自分勝手な男なのだろう。

　それでも、僕はきみのことを――。

　今僕が持っている本は、皐月との婚約を解消してから書かれたものだ。あれ以来、彼女には一度も会っていない。だからこの小説は、僕が唯一読んでいない作品だった。

何となくめくっていたページのセリフが、目に入ってくる。

『私があなたを忘れても、あなたは私を忘れないで』

「……っ」

喉が詰まる。

泣かすなよ、皐月。もう僕を小説で泣かすなよ。

皐月が記憶を取りこぼしたせいで、僕と彼女の絆が壊れたのか？　いいや、あれはきっかけでしかない。

彼女の描く小説の世界を守ることだけに集中して、付き合っても、婚約しても、ほとんど言葉を交わさなかったせいだ。

どうすればよかったというんだ。

皐月にその言葉を囁くことは、彼女の孤独の世界を壊す行為だ。だから今も彼女のそばに寄り添わず、都市伝説に頼っている。

僕はやっぱりここにきても、後悔しても、皐月を忘れることになっても、たとえエゴイストだと言われても、彼女の世界を壊したくない。

救いたいんだ。

だけどせめて僕の記憶がなくなる前に、あの言葉を言えばよかった。

一度でも、言ってあげればよかったんだ。

「ばかだなぁ、きみ」

青年の冷めた声が、僕を一気に現実へ引き戻した。本から顔を上げると、青年は公園の時計を見上げている。

「あと五分あるよ」

「え……」

ハッとして僕も時計を見た。

十四時五十五分。

僕の記憶が消えるまで、あと五分。

——そうだ。彼女のアパートは、目と鼻の先だ。

青年がこの公園を指定したのは、何かの嫌がらせだと思っていた。

本を投げ出して、僕は走った。


たった一秒足らずの言葉だ。

五分間、ずっと言い続けよう。

僕の記憶が消えるまで。きみが救われるまで。

階段を駆け上がり、未練たらしく持っていた合鍵を出して、ドアを開けて、部屋に飛び込んで、きみを抱きしめて、キスをして、そしてこの言葉を言おう。
愛していると。

霊コン

深山琴子

親友の菜月は昔から合コンの幹事の天才と呼ばれていた。

高校時代に開催した合コンは数知れず。医者コンに弁護士コン、社長コンに政治家コン。一介の女子高生のくせにどこからそんなハイスペ男子を集めていたのか謎だったけれど、菜月はその人脈を活かして数えきれないほどのカップルを誕生させてきた。

あれから三年。日々合コンに明け暮れていた菜月は、同じ大学のクラスメイトと意気投合してあっさり学生結婚をしてしまった。

そのせいか、私にいまだ恋人がいないことを気にしている。

「……やっぱり断ればよかった、かな」

店の前に立つと、私は小さくため息をついた。

目の前には菜月が予約した、アジアンテイストのおしゃれなダイニングバーがあった。

今日は菜月が私のために用意してくれた合コンの日だ。私は高校の頃から合コンに興味を抱いてこなかったから、これが人生初めての合コン。

でも、全然気乗りしない。

だって私、今のままで満足してるし。

今までに男性とお付き合いをしたこともあったけれど、その結果、そういうのはしばらくいいかなと結論付けたわけだし。

ていたから。

でも、菜月の誘いを断れなかった。菜月が私のことを心から心配しているのを知っていたから。

別に恋人がいなくても楽しくやっていける時代。大学二年生になって、いよいよ就活も足音をたてて近づいてきている今、わざわざ合コンなんてしなくてもいいと思うのだけど。

しかたない、今夜だけは盛り上がったふりをしてさっさと帰ろう。

勇気を出してドアを開け、店員さんに名前を伝える。すると店員さんは待ってましたとばかりに私を奥の広間へと案内した。

「あ、里帆(りほ)！　こっちこっちー！」

菜月はこの店で一番大きいテーブルを陣取り、満面の笑みで私を出迎えた。

いるのは菜月、ひとりだった。女子の参加者はふたりだけなのでこれで揃ったのだけど、男性陣十三名はまだ誰も来ていないらしい。

ていうか、二対十三の合コンってなんだよ。

二(女子)の側に大御所女優がいるわけじゃないんだぞ。

「早く早くぅ。もうみなさんお待ちかねだよー」

菜月が急(せ)かすように私のバッグをさらい、バスケットに押し込める。

菜月の言葉に、私は慌ててしまった。

「あ、もうみなさんいらっしゃってるの？　えっと……トイレとか？」

「ううん、もうみんなここにいるよ。里帆、とりあえず何飲む？」

まわりを見わたした。でもどう見てもテーブル席に人はいなかった。

鞄とか、上着とかも、ない。さっきまで人がいたという痕跡も見当たらなかった。

ただ、各席にちゃんとお冷は置いてあるんだけど。

どういうこと、と言おうとして、菜月が先に口を開いた。

「今日は霊コンだから」

菜月の言葉に、顔を見返す。

「……霊コン？」

「みなさん、お亡くなりになってるの。だから姿は見えないのよね」

「は？」

もう一度席を見わたした。

律儀にテーブルから少し引かれた、籐の椅子。誰も手をつけず、水滴がついたままのお冷。

グラスの中の氷が、カラン、と音をたてる。

私はもう一度菜月を振り返った。

「は？」

　とりあえず、一杯目はビールを頼んだ。

　菜月に「もうちょっと女子的なカクテルとかにしたら？」と耳打ちされたけど、どうでもよかった。ビールだ。とりあえず飲もう。今の私にはがっつりとしたアルコールが必要だ。

　焼酎やら烏龍ハイやら、テーブルにぞくぞくと飲み物が並べられていく。店員さんの表情を盗み見るとひとつも不思議そうな顔をせずにテキパキ動いているので、さすがプロだなと思った。

　もし私がここでバイトをしてたら、ニヤニヤしながら飲み物を置き終えたあと「やばい客来てますね、なんかの宗教ですかね？」と裏で大盛り上がりするに違いない。

　だって、どう見ても人いないし。

「かんぱーい！」

　菜月のかけ声とともに、ジョッキを軽く掲げた。

　でも、男性陣の飲み物はぴくりとも動かなかった。そりゃそうだ。霊なんだから。暖簾に腕押し。あ、違う。もう混乱しすぎて、ことわざの使い方も間違ってる。

「とりあえず、自己紹介でもしよっか。じゃあ私からー」

「え、待って待って……あの、不躾な質問だけど、本当に男性方はここに、いるの？」

頭痛がしていた。ビールがまだ胃に到達していないのにもう二日酔いが始まっているようだ。

頭も痛いけど、まわりからの視線も痛い。店内で一番大きなテーブルに、若い女子がふたり。

遠くに座るカップルの女の子のほうが、「陰膳ってやつかな」と囁いている。

「もちろんみなさん、ちゃんとここに座ってるよ。里帆、前に我が強い人は好きじゃないって言ってたじゃん？　だからなるべく影の薄い人を集めてみたの。里帆は霊感ないけどさ、霊感ばっちりの私がちゃんとサポートするからね。今日は楽しもう」

「いやいや……影薄すぎでしょ。それに、サポートされたところで顔が見えないし、意思疎通もできないじゃん」

「大丈夫。顔はたしかに霊感ない人には見えないけど、意思疎通なら多少はできるから」

菜月がそう言うと、急に周囲の壁や床がガタガタバキバキと音をたて始めた。ラップ音だ。まわりの客たちが騒然とする。あまりの恐怖に、私が「わかりましたもういいですやめてくださいお願いします」と言うと、すっと静かになった。

マジでいたんだ、幽霊。菜月、どうやって霊界と交流してんだよ。

動揺する私を気にすることなく、菜月は会を進行していく。

しかたなく、まず私が自己紹介をした。次は菜月。そして次は男性陣の番となった。

「じゃあ右端の方からどうぞー。私が通訳するね」

仮に誰かと付き合ったとしても、通訳がいないで今後どうやってコミュニケーションをとるんだ……と心の中でつっこみつつ、私は右端の椅子の背もたれを見つめた。

菜月がふんふんとしばらく頷いたあと、言葉を伝える。

「お名前は、清心優海信士。二〇××年没、享年二十五歳。うちらの五歳上だね～」

「え、えと……お名前、なんて？」

「戒名だから覚えにくいよね。あ、俗名はユウジくんだって。えっと、死因は趣味の登山中の滑落死だったみたい」

滑落。頭の中で想像して、ずんと気が重くなった。

正直、南国の観葉植物が所狭しと飾られている陽気なアジアンバーで若き男性の死因を聞くとは思わなかった。しんどい。滑落死なんて、明るいお酒の場で聞いていい単語ではない。

そのあとも自己紹介は進んでいくけれど、病死、事故死、聞けば聞くほど重い空気になっていく。

全員マストで死因を発表するのは霊コンのお約束なのだろうか。自分もいつか死ぬのはわかっているけれど、やっぱり生々しくて、気持ちは婚活を飛び超えて終活モードになっていく。

　私も明日亡くなる可能性はあるのだから、飼ってる猫ちゃんの譲り渡し先だけは決めておこう。

「タクミさん、趣味は映画鑑賞なんだって。里帆も映画好きだったよね？」

「……まぁね。月に一回は行くかな……」

「おっ、いいじゃん。タクミさんなら入場料無料だし、見終わったあと語り合うカフェでも代金ひとり分ですむよ」

　なるほど、ととりあえず頷いた。本当は納得感はなかったけど他のリアクションが浮かばない。少なくともホラー映画は無理だろう、幽霊と付き合ってるからにはどんなに恐ろしい映画を観ようとも現実のホラー感には及ばない。

　そのあとも、みんなのいろいろな話を聞いていった。

　十三人分のエピソードは、当たり前だけれどひとりひとりが違っていてバラエティに富んでいた。

「ケイイチさんは職人目指してお寿司屋さんで働いてたんだってー。里帆、全然料理しないんだから教えてもらいなよ」

「だから、声が聞こえないのにどうやって教えてもらうの……。……でも私、手先が不器用だから料理できる人は尊敬しちゃうな」

「え、リョウさんフランス料理屋さん経営してたの!?　すご。里帆、和も洋も選び放題だよ」

菜月の言葉ではあるけれど、彼らの性格、特技、思い出が丁寧に語られていく。それらを聞いていると、だんだんと妙な感覚が胸に湧き上っていくのを感じた。

彼らは、いたんだ。たしかにそこに。

いた、というか、いる。今でも私と同じように、この地球上に。

趣味もあって。特技もあって。つい何年か前には実体を持ってこの世界を生きていた。今も昔も変わらず人間なんだ。

少し反省する。

彼らは目には見えなくなってしまったけれど、消えてなくなったわけじゃない。

幽霊だから無理って決めつけるのは失礼なのかもしれないな……。

そのあとは多少まじめに話を聞くようになり、霊コンは意外にも盛り上がった。

スマホで写真を撮って、誰が一番くっきり映り込めるか選手権をしたり。調味料の塩に誰が一番近づけるか選手権をしたり。私たちとしゃべれたことに満足してカゲヤマさんが成仏したときは、みんな拍手喝采だった。

菜月というフィルターを通しているからかもしれないけど、みんな穏やかで、優しくて、いい人。なんだか久々に癒されてしまった。

幽霊と付き合う、っていうのもいいのかもしれない。

触れることはできないし、会話もままならないけれど。ただそばにいてくれるだけっていうのが、いい。

恋愛経験なんてたいしてないけれど、そういうものに疲れていた私にはこの距離感がちょうどいいみたいだ。

……だけど……。

「あ、やっと十三人目が来た!」

急に菜月が叫んだ。

思わず、へ? と素っ頓狂な声を上げてしまう。

「十三人目? もしかして、今までひとり足りなかったの?」

「そうそう。人多すぎて気づかなかったっしょ」

幽霊が遅刻ってどないやねん。現世に他になんの用事があるって言うねん。

怒りつつも、まぁ何人でもいいやとジョッキに口をつける。するとふと、私の左側に違和感を覚えた。

空気が、変わった。

あったかい。

懐かしい匂い。

そこにいるような、いないような。そんなわずかな、ほんのりとした気配を感じる。

すごく薄い毛布みたいな——そんなものなくても全然かまわないんだけど、なければないで自分がものすごく寒いところにいたんだと気づかされてしまうような——そんな、ふわっとした、あたたかさ。

……これって。

菜月に促(うなが)されて、遅れてきたという男性が私の左前の席に座った。

「ま、自己紹介から始めますかね。えーっと、名前は……なに？　ごめんねぇ、もうちょっと大きい声で話してくれますかー」

ぼそぼそ声で話しているのか、菜月が身を乗り出して耳をそばだてている。

かぼそい声。

……知っている。

私には聞こえないけれど。この、声。

この感覚。

「……健斗(けんと)？」

小さく呟(つぶや)いた。

菜月と、この場にいる男性陣のおそらく全員の視線が私に集まる。

菜月がぴくりと体を揺らした。

「え？」

「萩野、健斗……でしょ？　そこにいるの」

「……え……萩野、って」

菜月が左前の椅子に目を向ける。でも、菜月の答えなんか聞かなくたってわかる。

だって知ってるもん、この感じ。

私はなんともいえない感情で、空っぽの座席を見つめた。

「……健斗、会いに来てくれたんだね」


健斗と付き合い始めたのは三年前、高校一年生の終わり頃だった。

きっかけは、図書委員でペアを組まされたことだ。

委員会決めのとき、私はなんとなくラクそうだと思って図書委員を選んだのだけど、彼は違った。小さい頃から本が好きで、少しでも本に関わることがしたいと思って図書委員に立候補したそうだ。

ならば存分にやっていただこうじゃないかと、私は彼に仕事を押し付ける気満々だった。だけれどその作戦はすぐに断念することとなる。

彼は圧倒的に仕事ができなかった。

『荻野くん、そこにもう一冊あるよ。それも返却処理しないと』

『荻野くん、その本はあっちだって。それ、図書委員のおすすめコーナーの本でしょ』

『荻野くん、このポップ付ける本間違ってない？』

なにをしても失敗続き。凡ミスにつぐ凡ミス。でもそのせいでみんなから疎まれてるわけじゃなくて、どっちかというと彼は図書室の愛されキャラだった。

だけど本人はミスばかりの自分をすごく気にしていて、元々おとなしい性格だったのにさらにおどおどしていく。

それでも一所懸命に本や仕事と向き合う彼を見ていると、徐々に私も彼に癒されるようになった。

『荻野くん、慌てないでいいよ。私も横でフォローするからさ』

それから一年。

春休みも目前となり、私たちは無事委員会の任期を全うした。

告白したのは、私からだった。誘っても誘っても彼は私のアプローチに気づく様子がなかったから。

『私、こんな忙しい委員会はもうこりごりだけど、健斗は来年も立候補するんでしょ？　もう一緒に仕事することもないだろうからさ、春休みになったらぱーっと打ち上げでもしよっか。初デートも兼ねて、どっか食べ放題とか行きたいなー』

最後に話したのはそんなようなことだった気がする。

彼は、その翌日に亡くなった。

交通事故だった。車道に飛び出した猫を助けようとしたのだと、先生から聞いた。

でも、さっさと逃げおおせた猫のかわりに自分がひかれてしまったらしくて。もう、言葉が出ない。

うそでしょ。

ばかみたい。

涙は出なかった。

そのかわり、体が動かなくなった。

朝、目が覚めたものの立ち上がれなくなってしまった。なぜかはわからない。当時高校生で、まだ実家に住んでいた私は、起き上がれないとお母さんに伝えてしばらく学校を休んだ。

付き合った期間、一週間。

デートはおろか、手すらつないでいない。

『里帆。気晴らしに散歩でもしない？　つらいと思うけど、家に閉じこもってると余計に気持ちが沈んじゃうんじゃないかと思ってさ。こういう誘いも嫌かな？　でも私、里帆のこと、心配で……』

菜月の優しい言葉は、小学生の頃にグラウンドに現れたつむじ風みたいに、すぐ頭の中から消えてしまう。


「……もう、会えないと思ってた」

呟いても左前の椅子はうんともすんとも言わなくて、かわりに菜月が涙を浮かべて私を見つめていた。

そういえば、健斗は高校生の頃から極度の方向音痴だった。

登校中に新しくできた本屋さんを見つけて、ちょっと道をそれたら迷子になって二時間遅刻した、というのは笑い話。幽霊になっても合コン会場になかなか辿り着けないなんて、健斗らしい。

『里帆さんとの打ち上げの約束、まだ果たせてなかったから』

どこからかそんな言葉が聞こえた気がして、胸がぎゅっと痛くなった。

「あの……ごめんなさい」

私は呟くと、大テーブルにある席、ひとつひとつに目を向けた。

今日という日に出会えたみんなと、真っ直ぐに向き合うように。

「今日は、本当に楽しかったです。みなさん、ありがとう。ただ、私、今……好きな人がいる、みたいなんです。だからみなさんとお付き合いをすることはできません。私のために集まってもらっておいて、こんな勝手なこと言って……本当にすみません」

そう言って、深く頭を下げた。

顔を上げると、菜月がひとつひとつの席を見つめてから、小さく頷いた。

みんな、納得してくれたのだろうか。最初から現実味のない合コンだったけど、本気になってくれた人もいたかもしれない。私だって、途中からはまじめにみんなのことを見ていたのだから。

……でも、やっぱり私は。

本当の気持ちに逆らえそうにはないんだ。


日曜日、目が覚めると部屋の中に妙な違和感を覚えた。

大学入学と同時に引っ越してきた、ボロいワンルーム。今までここに来たことがある人といったら菜月ひとりくらいだったのだけど。

その部屋に今、私以外の人がいる。

そう思うとなんだかむずむずしてしょうがない。

「……おはよー、健斗」

どこにいるかわからないから、当てずっぽうに話しかけてみた。

すると、台所の辺りからミシリ、と音がした。このアパートは古いからたまに家鳴りがする。でもミーコがシンクの辺りでカリカリと爪をたてているから、たぶんそこにいるのだろう。その辺に向かって私はにっこりと笑いかけた。

カーテンを開けて、朝日を体に取り込む。

顔を洗って髪を軽く結んで、食パンを焼いた。とりあえず二枚。お供物は供えた瞬間に仏さまがすぐ食べるのだと聞いたことがあるので、二枚目は私の向かいに置いたもののすぐに自分で平らげてしまった。

いつもの朝。だけど健斗がいるせいか、なんだか気持ちが優しくて心地いい。

健斗の持つ、そういう空気が好きだった。

物静かで、穏やか。でもここぞというときは意見をするし、そっと寄り添ってくれる。

そこにいてくれるだけで、私を幸せな気持ちにしてくれる。

健斗がいなくなったあの日から、もう二度とそういう相手には会えないだろうなと思っていた。

「……さて。約束してた打ち上げでも行くかぁ。どこ行きたい？」

そう言うと、私はあらかじめ作っておいた秘策の紙を取り出した。

霊感のない私が健斗と話すとしたら、これしかない。

古の、こっくりさん方式。《あ》から《ん》までのひらがなを書いた一枚の紙を用意して、その上に十円玉を置いて指を添えると幽霊がそれを動かして文章を作ってくれるというものだ。

うまくいくかなんてわからない。でも、健斗の意見も聞きたいから、やれるだけのことはやってみよう。

十円玉に乗せた人差し指が、ふとあたたかくなる。

指が、重なってる。見えないのに、もう現世には存在していないのに、そう感じる。

ゆっくりと動き始める十円玉。その行く末を、ドキドキしながら見つめた。

当時は食べ放題に行きたい、なんて言ったけど、健斗と行けるならどこでもいい。

健斗はなんて言うかな？

静かなおしゃれ系カフェでご飯？

ちょっとだけ遠出して、雑誌に載っていたケーキ屋さんにでも行ってみる？

それとも意外と、遊園地ではっちゃけたい願望なんかあったりして。

本屋さん、なんて言われたらもはや打ち上げでもなんでもないけど、初デートだもん、付き合ってあげるよ。

三年も私のことを想ってくれてたんだから……。

時間をかけて、長い長い文章が完成する。

紙に書きとめていたその文章を読み返して、私は目を見開いた。

《りほ　わかってるとおもうけど　けんとはもういないよ　じゅうさんばんめにきたかれのことも　けんとだったらいいなとおもってしんじこんだだけだよね　いつまでもげんじつからめをそむけてないで　まえをむかなきゃ　なつきもおかあさんたちもしんぱいしてる　いつかだいがくにふっきできるように　まずはちゃんと　からだをやすめようよ》

何度も何度も文章を読み返して、時間をかけてようやくその意味を理解して、テーブルから飛び退(の)いた。

拍子に、棚の端に腰をぶつける。背後で、飾ってあった健斗とのツーショット写真がパタンと倒れた音がした。

視界が白く濁(にご)っていく。頭にストローを突き刺して脳をかき混ぜているみたいに、頭の中がぐらぐらと揺れている。

なにこれ。

うそ。

やめてよ。

そんなこと言わないで。

健斗はここにいるんだよ。

見えないけど、ちゃんとここにいるんだよ。

今でも私に寄り添っていてくれてる。死んでも、いなくなっても、ずっと私のそばにいてくれてる。

なのに——なんで？

そんなこと、言うの……？

そのとき、現実の世界に引き戻すように、甲高いチャイムの音が鳴り響いた。

……健斗？

なんの根拠もなくそう思い、ガチャガチャとチェーンを外す。引っ越してから一年、何度も出入りしてきたはずのドアを開けるのにばかみたいに手間取りながら、ようやく開ける。

外にいたのは菜月だった。

「………」

「里帆、ごめん。チャットの既読付かないから、心配になって来ちゃった……」

菜月は玄関に立ったまま、ゴミやらなんやらで散乱している私の部屋を眺めた。

そしてテーブルの上のふたり分のマグカップと、文字が書かれたこっくりさんの紙に目を向けると、腕を伸ばしてそっと私を抱きしめた。

「ごめん……ごめんね。昨日の夜、遅れてやってきた男の子はね、荻野くんじゃなかったの。他の十二人と同じ、初対面の男の子だったの。でも私、言えなくて……。里帆が荻野くんに会えたのがあまりに幸せそうだったから、言い出せなくて。ごめん。私、里帆を元気付けたいと思って合コン開催したのに、悲しい思いさせちゃったね」

私はへなへなと玄関にへたり込んだ。

菜月もしゃがみ、私の背中をさする。菜月の優しさはいつも私を支えてくれるけど、胸に空いている穴だけはどんな言葉をもってしても塞いではくれなかった。

健斗の、あの空気感が好きだった。

物静かで、穏やか。でもここぞというときは意見をするし、そっと寄り添ってくれる。

そこにいてくれるだけで、私を幸せな気持ちにしてくれる。

……でも、もう、健斗は……。

「菜月……。健斗は、もう……いないの？」

菜月は一瞬だけ静止すると、ゆっくりと、ゆっくりと言葉を紡いだ。

「荻野くんはね、成仏したんだよ。里帆には内緒にしてたけど、私、事故があった日からしばらく荻野くんの気配を感じてたの。でも今はもういない。ちゃんと天国に行けたんだよ」

「……なんで？　私を……置いてったの？」

「違うよ」

菜月が大きく首を振った。

「荻野くんはね、里帆ならこの悲しみを乗り越えられるって信じたんだよ。荻野くんだって本当は離れたくなんかなかったけど、自分が前に進まないときっと里帆も前に進めないから。だから決心して旅立ったの。私、荻野くんの姿は見えなかったけど……気配から、そういう迷いと決意は感じてた。それにね、ほら」

ふと視線を下げると、ミーコが私の足首にすり寄っていた。

何年も一緒にいるのに、いつもツンツンしていてつれないミーコ。なのに、今日はなぜか自分からそばに来てくれる。

菜月が、この子がいるから安心だったんだよ、と言って笑った。

「健斗……本当に、もういないんだね」

ミーコの頭を撫(な)でながら呟くと、菜月は大袈裟(おおげさ)なくらい大きく首を振った。

「……ううん。いるよ。ちゃんといる。荻野くんは私たちの目にはもう見えなくなってしまったけど、消えてなくなったわけじゃない。私たちの心の中にいるんだよ。それで、ずっと里帆のことを見守ってて、里帆の幸せを願ってる。だから里帆は安心して、生きていけばいいんだよ」

　涙が落ちた。

　健斗が亡くなった日にも出なかった涙。体がようやく現実を把握したのか、涙は水道の蛇口が壊れてしまったみたいに、止まることなく溢れていく。

「……そう、かなぁ」

「そうだよ」

　ゆっくりと後ろを振り返った。

　いつのまにか片付けができなくなってしまった部屋は、いろいろなもので散らかってゴミ屋敷みたいになっている。そこに、先ほどまで感じていたはずの健斗の気配はなくなっていた。

　ぼんやりしていると、ミーコが膝に乗ってきて、眠そうな顔をして丸まった。

　ミーコは事故のあと、ずっと健斗のそばにいて離れようとしなかったものだから、しかたなく保護されたらしい。

　この子は、健斗の気持ちを汲み取って私のそばにいてくれてるのかな。

「……さ。私は掃除でもしようかな。里帆は終わるまで横にでもなってて。お昼になったらご飯食べよう。気晴らしに、外にでも食べに行こうかねぇ」

菜月が私の肩を支えて部屋の奥へと連れていく。カラになった缶ジュースやペットボトルをよけてベッドに横になると、ミーコも一緒に布団に入ってきて、あたたかさとともに優しい睡魔(すいま)に襲われた。

「……菜月。……私、お昼は……ピザの食べ放題、行きたいな」

微睡(まどろ)む意識の中で呟いた。

打ち上げをしよう。

もう健斗が心配しないように。

ひとりでも、ちゃんと前を向けるように。

健斗がついていてくれる。私の頭の中に、心の中に、健斗はいつまでも生きて、見守ってくれている。

だから、きっと、大丈夫。

「ピザぁ？　いきなりそんなの食べたら胃がもたれちゃうよ」

菜月が呆れ顔で笑う。

瞼(まぶた)の裏で、健斗が私に向かって微笑(ほほえ)んでいる姿を見つめながら、私は眠りについた。

一日という時間を君と

響ぴあの

どうせ私なんて生きる価値がない。生きる意味もない。消えたい。

でも、消えない――。

ならば強制的に私という存在を消したい。

私なんて――いなくなってもこの世の中は困らない。

もう、生きることを辞めよう。この大空に羽ばたいて最期を迎えよう。

青空を見る。広い広いこの世界のちっぽけな自分に価値を見出せなくなった私は、
飛び降りようとした。この高い世界から――。

その時――。

「どうせあと一日の命なんだから、好きなことをやってから死んだら？」

知らない少年らしき声が後ろから聞こえる。声の感じから同じくらいの歳だろうか。

思わず振り向く。すると、きれいな顔をした少年が余裕の笑みで見つめていた。

「どうせ私なんて生きる価値がないとか、意味がないって思っていたんだろ」

心を読まれた？　少年の髪の毛はやわらかそうだ。栗毛色で太陽の光が似合う。顔立ちは優し気で、それでいて少しばかりいたずらな瞳という印象だった。表情はあまり豊かではないが、どこか懐かしい気がする。飛び降りようとした私に声をかけた少年は意外な一言を放つ。

「俺、人の寿命が見えるんだよね」

「ウソばっかり」

「死神だからさ」

「なにそれ。どう見ても、普通の人間にしか見えないんだけど」

「普通の人間に見えなかったらこの社会で目立ちすぎじゃん」

「まぁ、そうだけど……」

自称死神と名乗る少年の言い分をなぜかとても正しく感じた私は、飛び降りようとした橋から手を離していた。

「私の心の中が見えるかのような言い方ね」

「よく見えるさ。この橋に立つ人間は今まで何人も見たからな」

「死神なら死んでもらったほうが利益になるとか、営業成績が上がるとか、あるんじゃないの？」

「自己の利益とか他者との比較のない世界が死神の世界だから」

その言葉にはなぜかとても説得力があって、言い返す言葉がなくなっていた。

「どうせ一日って――どうして私はあと一日しか生きられないの？」

「それ、やっぱり気になるんだ」

にやりと笑う少年は、いたずらな顔をする。

「うん。気になるよ」

「今、死のうとしていたのに、自分の未来が気になるんだ？」

「矛盾(むじゅん)しているかもしれないけれど、自分の価値が感じられなくなって、消えようと思っていた。でも、本当は自分には価値があるのではないか、そんな淡い期待の気持ちも否定はしないよ」

　空を見上げる。自分の価値は変わらないけれど、誰かと話をしたら少し気持ちが変化する。私の気持ちはとても単純で、まるで空のように変化しやすいらしい。

「死因は言えないけれど、君にはあと一日という未来がある。どうせ一日だけなんだから、やりたいことをやってみたらいいんじゃない？　やりたいことを全部やってこの世界とお別れすればいい」

「やりたいことなんてないよ」

　世界一周旅行とか大金持ちになるとかいった大きな野望は持ち合わせていない。

　私にやりたいことなんてない。親に八つ当たりをされて、ただ学校に行って、つまらない嫌な時間を過ごして。苦しい気持ちが消えることはない。だから、私は消える選択をしたのだ。

　少年はあごを手で触れながら少し思案(しあん)しているようだ。私なんかのために考えてくれる何者かがいる。そんなことを嬉(うれ)しいと思える私の感覚はおかしいのかもしれない。

　少し前に、飛び降りようとしていたのだから、感覚がかなりおかしいことは否定しない。

「そうだな。例えば、好きな人に告白するとか。この町の行ってみたい場所に行くとか。好きな物を存分に食べまくるとか。大きなことじゃなくていいから身近なことで気になっていたことをやってみたら。どうせあと一日なんだしね」

少年の口調は平坦で冷静で感情があまり感じられなかった。

「じゃあ学校をサボろうかな」

今までできなかったことだった。でも、多分一番やりたかったことだった。

「君のやりたいことって意外と小さなことなんだな」

少年の言動に怒りを感じる。私の全てを否定されたような気がしたからだ。

私に怒りという感情が残っていたことに少しばかり驚く。こんな小さなことで悩んでいた自分が馬鹿馬鹿しいということに気づく。

深いため息をつく。自分がいかに小さいことで悩んでいたのか。こんなにたくさんの人がいるのに、誰とも気持ちを共有することのできない自分。不器用な生き方しかできない自分。誰にも好かれない自分。自分が選んだわけではないけれど、こんな風にしか生きることができない自分自身にもどかしさを感じる。

あぁ、なんてちっぽけなんだろう。

私は、この空から見たらきっとちいさな粒でしかない。たしかに存在しているのに見えない空気中の気体のような自分。誰かの役に立つこともなく、誰かを困らせることもない。いてもいなくてもどうでもいい存在。

――まるで透明人間。

「学校が自分の世界の全てだから。行かなければいけないと思うだけで気が滅入るんだよね」

「学生は学校が世界の全部みたいなところがあるよな」

「世界は広いのに、学校と家庭しか世界はないんだよね」

「家庭も居心地悪いみたいだな」

全てお見通しのような顔をする。

「まあね。居場所がないし。友達いないし、楽しいことも、何もないんだ。私には何もない」

「何もないってわけじゃない。君はたしかに今ここで生きている。君は存在している。お母さんのこと、大変みたいだな」

少年はお見通しのような余裕な表情だ。

この人には隠せない。死神ならば自分をさらけ出してもいいのかもしれない。どうせあと一日ならば、恥ずかしいと思う必要はない。そう思うと自然と言葉が溢れる。

「お母さん……体調悪くて、機嫌も悪くて。母子家庭だから、生活も苦しくてね。お金がないって苦しいね」

「たくさんの人間を見てきた。人間は大なり小なりみんな悩みがある。人から見たらちっぽけなものでも自分の中では超特大の出口のない悩みだったりするよな」

「こういう話ができる大人も友達もいなかったから、今日死ななくてよかった。生きていてよかった」

「感謝されるのも悪くないな。でも、君は生きることができる時間が元々少ない。だから、あえて俺は君に声をかけた。どうせあと少しだけなんだから今すぐ死ぬ必要ないってさ。生きていればいいことがあるっていう人もいるけれど無責任だよな。いいことがあるなんて保証もないし、いいことの基準も曖昧だしな」

「生きていていいことがあったのかもわからないけれど、あと何十年も生きるのは辛い。この世界はある程度決まりごとがあって、急にお金持ちになったりすることは難しい世界だから。私のような底辺の人間は、長く生きても大変な毎日が待っているの。でも、あと一日だけならば生きることができるような気がする。私、同年代の男子と話したことってほとんどないから、新鮮な感じだよ」

「君は、純粋で真面目な人間だ。だから、きっと疲れただけなんじゃないかな。この世界はコミュニケーション力が秀でていたり、世渡り上手と言われるような人間は底辺から這い上がることも容易な世界だ。学校サボってどこ行こうか？」

「あなたは仕事とかないの？」

「死神って束縛された存在じゃないから。好きなように毎日を行動しているんだ。結構気楽なんだよ」

少しばかり口角が上がるけれど、笑うとまではいかない。死神少年はやはり自分をあまり表に出さない。

「死神が暇人とは意外。今日死ぬ人の枕元に立つとか、それを報告するとか、もっと多忙（たぼう）なのかと思っていた」

「それ、思い込みだよ。君は高校生だろ。義務教育は終わったんだし、法律的には学校に行く義務もないんじゃないの？」

「そうだね。でも、お母さんが厳しいから」

「もう、帰らなければいいいんじゃない？」

「でも、お母さんの看病とか家事もやらなきゃいけないし」

「あと一日で死ぬのに、看病と家事で終わってもいいの？」

「……」

良心が痛む。

「やりたいこと、私なりに考えてみたの。まずは離婚してから会っていないお父さんに会いに行きたい。そして、小さい頃に住んでいた町で夕焼けがきれいな場所があって、そこに行きたいな。お父さんが住んでいる町なんだけどね。小さい頃の思い出がたくさん詰まった町なの」

「君にもやりたいことが実はたくさんあるじゃないか。人間ってさ、消えてしまおうって思う瞬間はとても突発的で衝動的なんだ。だから、その時に、誰かが声をかけると、自殺行為というものはたいてい止めることができるんだ。俺は、人間が残された時間をどう生きるのか、それを見ることが割と好きだ」

　真面目な顔で悪趣味を語る少年はもしかしたら少年ではないのかもしれない。多分、見た目が若いだけで、結構キャリアは長いような気がする。人間で言ったら、おじさんやおじいさんの部類くらい長生きしているのかもしれない。見た目は華奢で若いのに妙に落ち着きがあることにギャップを感じる。

「悪趣味なのね」

「気持ち次第で人はどのように変わるのかを見るのって結構面白いんだよ。好きなことをやっているとあっという間に時間が過ぎるだろ？　でも、やりたくないことをやっている時は本当に時間がなかなか過ぎない。人は苦しくなると、どんどん現実逃避していく。そして、命を投げようとする者まで現れる。実に身勝手な生き物だけど、俺はそんな人間が割と好きなんだ」

「やっぱりあなたはおじさんだね」

「おじさんだと？」

少年は少しばかり渋い顔をする。

「じゃあ、おじいさんかな」

「俺は、気持ちと見た目は若いんだ」

見た目だけは若いと認めたような発言だ。

「歳を取っていることは否定しないのね」

少年は少しばかり困った顔で沈黙する。

「やっぱり若くはないのね。あなたの名前を教えて」

「野神いずく」

「いずくおじさん……かな」

「いずくでいい」

おじさんという言葉を必死に回避しようとするいずくを見ていると、少しばかり滑稽に見える。死神でも年齢を気にするものらしい。

「じゃあ、こっそりお父さんに会いに行こうかな」

「こっそり？」

「ちゃんと会う自信はないから」

「残された人生を選択するのは君自身だ。否定はしない」

「あなたは私を救ってくれたと思う。たとえそれが残り少ない人生でも、私にとっては救いの神だよ」

「救いの神だと？」

　とても驚いた顔をするいずく。

「だって、私が今を生きようと思えたのはあなたのおかげだもの。「すくいのかみ」を並び替えると野神いずくにどことなく似ているしね」

「そんなことを言われたのは初めてだな」

　想定外な顔をするいずく。観察すると意外と面白い。

「初めて一番やりたいことをやっているのもあなたのおかげ」

「やりたいことって、父親に会いに行くということか？」

「違うよ。学校をサボること。大人って学校という枠に縛られないから、もっと自由なのかなぁ」

　空を見上げる。大きな空を見上げると、とてもちっぽけな自分を自覚する。

「大人って意外と不自由なんだよ」

「なんで？　学校がないのに？」

「学校がないから、生活しなきゃいけないから、大人だから不自由なんだよ。でも、大丈夫。君は大人になれないから、自由なまま消えることができるからさ」

あっさりした顔で答えるいずくはミステリアスだ。そして、大人が不自由だということを断言するいずくは絶対に大人なのだろう。見た目は少年、年齢はおじさんなのだろう。

「さて、君のお父さんの町に行こうか。あそこの星空は最高にきれいだしな」

「たしかに。夕焼けもきれいだけど、星がビーズみたいにきれいなんだよね。見ているだけで、幸せな気持ちになるんだ。あと、さっきから君って言うけど、私には名前があるんだからね」

「さっきまで消えようとしていたのに、急な自己主張。厄介(やっかい)だな」

いずくは怪訝(けげん)そうに眉をひそめる。

「厄介って何よ。余命わずかな少女には優しくするべきよ」

「自己主張が強いタイプの人に多いんだよね。命を投げ出す人」

「そうなの？　私って自己主張が強いタイプだった？」

「自分の主張がうまくいかないから、投げ出すんだよ。ポイ捨て人間って俺は名付けているけれどね。人間の脳の思考はそういった理屈で作られているらしい」

「あなたはたくさんのポイ捨て人間に出会ったのね」

「実にポイ捨てする人間が多い。そして、君の名前は知っているぞ。小沢沙奈(おざわさな)」

腕組みをしたいずくと真っ直ぐに目を見て向き合う。

「私の個人情報である名前を知っているなんて、キモイ」

「キモイだと？」

予想外の言葉に、いずくは反論するかのような勢いだ。

「これは、仕事上手に入れた情報だ。もちろん職務以外で個人情報を拡散させるようなことはないから安心しろ」

妙に営業風な説明をするいずくは、お堅い行政の人間のようだ。もしかしたら、そちらの世界では公務員のような立ち位置なのかもしれない。

「残り少ない時間をその名前を背負って生きる。俺はそういった人間と向き合うから名前は大切だと思っている」

やはり少年にしては妙な落ち着きがあると感じる。でも、見た目はとても若くてふわっとした感じのギャップがある。

「じゃあ沙奈って呼んで」

「呼び捨てでいいのか？」

「私、呼び捨てで呼んでくれる友達もいないから。仮の友達になってもらえたら嬉しいな」

「面白い奴だな。沙奈」

「今、呼んでくれたよね」

「あぁ、呼んだが」

「うれしい!!」

「喜怒哀楽が激しい人間だな」

いずくはため息をつく。

「だから、落ち込むと這い上がれないくらい落ち込むのかな」

「どうせが口癖の小沢沙奈。どうせあと少しなんだから、やりたいことをやれ」

「あなたって、クールな男子って感じよね」

「クールな男子？　俺は現実的な性格なだけだ。無駄なことは嫌いだし、与えられた仕事をこなす義務感も持ち合わせている。それをこの世界ではクールと言うのか？」

「結果的にクールに見えるだけで、ただメンドクサイことが嫌いで真面目な人なんだろうね」

「解釈は勝手にやっていろ」

「そーいう男子ってあんまりいないから、新鮮だ。というか男子じゃなくて中年男性だっけ？」

「中年という響きは好きじゃない」

「否定しないところが割と好きだな」

「じゃあ電車に乗って行くとするか」

「神ならどこでも扉みたいな便利なアイテムを持っていないの？」

「人間、手間をかけたほうがいいこともあるだろ。だから、そういったものを提案はしていないんだ」

「そういう能力がないだけでしょ」

いずくは無言のまま先を行く。電車に乗るため最寄り駅に行く。

自分が先程まで行おうとしていたことはなかったことになっているのが不思議だ。多分、いつか迎える最期が近いことに安堵しているのかもしれない。終わりがないことは怖い。終わりがあるから、がんばることができる。試験などがそれにあたるような気がする。そして、卒業があるから、定年があるから、のように人生は多分終わりがあるから頑張ることができる。

でも、永遠を望む人がいることは否定できない。きっと、そんな人は毎日が楽しいのだろう。死神は永遠なのだろうか？

ふと彼を見る。彼の存在は見えないらしく、私以外の人たちは気づくことなくすれ違う。彼に触れることもできないらしい。通りぬける人までいることに驚愕する。普通の人間が死神を名乗っているわけではないという事実を目の当たりにする。どうやらある意味本物の透明人間らしい。

きっぷをにぎり、電車に乗る。窓の外を見る。

懐かしい町に続く空はどこまでも鮮やかな青だ。雲は食べてしまいたいくらいきれいな白色。遠くに見える緑の木々は心を癒す。多分、一人ではないことが、どうせあと少ししか生きられないからということが、行動を起こさせてくれたのかもしれない。もっと早く行動できていたら——。

私はとてももったいない時間の使い方をしていたような気がする。無限にあると思うと意外と何もしないで終わってしまうことはよくある話だろう。

見えない死神と共に行く旅は心強く新鮮なものだった。死神というのはとても悪い存在に思えるが、いずくは違うような気がした。死へと導く仕事なのだろうけれど、悪魔みたいに陥れる存在ではなく、いかにいい生き方をして最期を迎えるかという導きを示してくれる存在のような気がした。

「あなたはきっといい死神だね」

いずくは不思議な顔をして私を見る。今まで言われたことがない台詞なのだろう。

「あなたに出会わなかったら、私はきっとこんなにいい気持ちにならずに最期を迎えていた」

「それは良かったな」

相変わらずの無表情。でも、整った顔立ちには出会ったことのない美しさがあった。男性に対して美しいと感じるのは多分初めてだ。

「あなたは、監視役なの？」

「そうなるな。わずかな命は最期まで使ってもらわないと困るからな。これは仕事だ」

「役所の人間みたいね」

「人間でいう役所の仕事は詳しくはわからないが、自分の使命はきっちりこなす。これは俺のポリシーだ」

「かっこいいね。死神って骸骨みたいな暗いイメージがあったけれど、あなたは神様みたい。見た感じも不気味さがないし。どちらかというとさわやか系？」

「神様の一種というのは当たっているな。実に勘が鋭い」

褒めているのに照れた顔ひとつしない彼は純粋さがないのだろうか。そうか、少年じゃなかったんだ。中身はおじさんだ。そう思うと、少し胸のつかえがなくなる。

「神様と一緒に旅をして、好きなことをしてこの世界とさよならするんだ」

決意を表明する。

「その時、沙奈はもっと生きたいと思うかもしれない。でも、決まったことは覆せないから」

冷たい瞳の彼が何を考えているのかはわからなかったけれど、一緒にいてくれる人がいることはありがたい。そして、短時間なのに彼のことがとても信頼できる大切な存在だということに気づく。思わず赤面する。

「暑いか？」

死神のくせに気を遣ってくれるいずくは優しい。その事実に心が揺らぐ。

「ねえ、私が死んだら、あなたと一緒にいることはできるの？」

電車の中でひとりごとを言っている私の様子をいぶかしげに見る人もいたが、幸い人気は少なく客はまばらだった。はたから見たら私はひとりごとをぶつぶつ言っている変人だろう。そんなことはどうでもいい。どうせあと一日なのだから。

「一緒にいることはできないよ。沙奈は神の類じゃないだろ」

「残念だな」

「沙奈は無になる」

平気で残酷なことを言う。好きだけど、嫌いだ。

「お父さんに会いたいってずっと思っていたの。でも、行くことができなかった。正確に言うと会いに行く勇気がなかったの」

「君のお父さんはまだ生きている。いつでも会えると思うから、勇気が出ないんだよ。あと一日と思うからできることもある」

次の駅だ。もう何駅過ぎただろうか。意外と時がたつのは早い。

「ここだね」

決意を込めて席を立つ。いずくと共に駅へと足を踏み出す。

「今、お父さんは自宅にいるよ」

涼しげな顔でいずくは断言する。この人には全てお見通しなのだろう。

神様にはかなわない。

「遠くで見るだけでいいの」

「個人の自由だから、何も言う権利はないけれど、お父さんが君を愛しているのならば、生きているうちに会いたかったと思うだろうな」

「お父さん……優しかったなぁ。でも、お母さんとはうまくいかなくて。お母さんをひとりにできなくて、私はお母さんと住むことにしたの。でも、お母さん、どんどん心も体も病んでいった」

「君が捨てようとしたわずかな命。そういう人に最期まで生きてもらうために俺は仕事をしているんだよ」

「でも、あなたが相手にするのは余命わずかな人だけでしょ？」

「俺の任務は決められている。時間的に何十年も監視することは難しいからな。そして、わずかな時間を有意義に生きてもらいたい。これは俺のポリシーだ」

駅からすぐの借家にお父さんは住んでいる。昔、私たちが住んでいた家だった。

庭の手入れが趣味のお父さんは相変わらず楽しそうにガーデニングをしていた。

「お父さん、変わらないな」

「声、かけたらいいんじゃないの？」

「緊張するよ」

「どうせあと一日なんだから、思い切って会って来い」

そうか、これを逃したら二度と会えない。今生の別れというやつか。

「どうせっていう言葉はマイナスなイメージがあるけれど……私の場合、勇気がわく言葉になるよ」

お父さんに向かって、勇気を振り絞り、声をかける。

「お父さん!!」

お腹の底から声を出したつもりだが、震えた上にかすれてしまった。

「沙奈じゃないか。来るなら連絡してくれればよかったのに。ひさしぶりだな。元気か？」

驚いた顔をしているお父さん。

一言会話しただけなのに、涙が自然とこぼれていた。

お父さんがいなかった時間を埋めるかのようにたくさん話をした。

これからは私にはないけれど、今があればいい。

どうせあと少しなのだから。

「どうせ」という言葉が私の背中を押してくれた。

「どうせ」は今の私にとって最強の言葉だ。

「さようなら。ありがとう」

「今日は楽しかったよ。また来なさい」

お父さんにお礼を言って笑顔で別れた。

お父さんは何も変わっていなかった。心の底から優しい笑顔で手を振ってくれる。

これが最期になることはわかっているから、涙が瞳の奥から溢れてくる。

でも、なんとかして溢れないように笑顔でごまかす。

お父さんと別れた後、懐かしい町の丘に登り、町を一望することにした。

「きれいな夜景を見たいな」

「じゃあ、行こうか。絶景の夜景を見せてやるから、ついてこい」

いずくは不思議な扉の前へ案内する。町の片隅に不思議な扉。なんでこんな扉があるのだろう。扉の向こうに足を踏み入れる。

あれ――？　星ってつかめるんだっけ？　理論的には星をつかむことはできないはずなのに。だけど、私のまわりには事実、たくさんの星がある。それもひとつひとつが輝いていてダイヤモンドみたいにきらきらしている。ビーズをちりばめた世界みたい。きれいな星に囲まれた私はよくよく考える。

――気づいてしまった。

ここは生きていたあの世界ではないということに。

「私、死んじゃったの？」

「あと一日とはいっても正確な時間は言っていなかったからな。正解だ」

「でも、無にはなっていないよ。まだ感情がある。そういうものなの？」

「これは、特別なことで、普通は無になるんだよ」

「どういうこと？」

「――ったく。星空の下で誓った約束を忘れちまったのかよ」

いずくは少し視線を逸らす。

「ほら、生まれ変わったら一緒になろうって言っただろ」

「なに？　私そんなこと言った？」

「前世、俺は不治の病で死んでしまった。この世界では一緒になれないけれど、次に会ったら一緒になろうって前世で約束しただろ」

「前世？」

そうだ。今よりももっと電気がなくて、星がよく見えていた時代の記憶が少しだけ脳裏に浮かぶ。

「俺は神として生きなければいけなかった。君は、人間として生きなければいけなかった。神として真面目に仕事をした対価として、好きな人の最期に付き添い、神として共に生きることができる制度を見つけた。だから、俺は君の死期を知ってようやく君を探し当てた」

「私、結局、何で死んでしまったの？」

「君はあのとき飛び降り自殺をしていた。でも、架空の世界に呼び寄せて、一日だけ生きていたら何をしたかを疑似体験させたんだ。君が満足できるように」

「じゃあ、実際私はあのとき死んでいたの？」

「その通り。あと、俺は死神じゃない」

「どういうこと？」

「救い神と言って、自殺をしようとする人が生きたいと思えるようにする仕事をしている。結構難しい仕事だ。でも、今回、君の自殺に間に合わなかった。情けないな」

「ありがとう。どうせあと一日って思ったら結構勇気がわいたよ。でも、あなたのことを思い出せないんだけど」

「俺と君は結婚しようと約束していただろ。じゃあ、思い出すまで俺の元で修行するんだな、救い神として」

「結婚？」

　想定外の言葉だ。

「どうせ俺たちは結婚する予定だったんだから、ついてこい、沙奈」

無愛想(ぶあいそう)ないずくは結婚を約束した相手だったらしい。でも、普通前世の記憶なんて覚えてないよ。

「どうせ思い出せなくても、あなたの傍にいたいと思っていたんだけどね」

いずくの頬が赤くなる。見かけによらず意外と感情が豊からしい。

どうせあと一日だから――どうせという言葉は魔法のようにプラスに働くこともある。言葉は救い神が使う最も有効なアイテムらしい。そして、どうやら目の前の人は前世に固い約束を交わした相手らしい。

この物語はフィクションです。実在の人物、団体等とは一切関係がありません。

各先生へのファンレターのあて先
〒104-0031　東京都中央区京橋1-3-1　八重洲口大栄ビル7F
スターツ出版（株）書籍編集部 気付
お送りしたい先生のお名前

5分後に世界が変わる

2023年3月28日　初版第1刷発行

編　者　スターツ出版文庫編集部
著　者　白井くも ©Kumo Sirai 2023　雨 ©Ame 2023　汐見夏衛 ©Natsue Shiomi 2023　時枝リク ©Riku Tokieda 2023
天野つばめ ©Tsubame Amano 2023　山川陽実子 ©Himiko Yamakawa 2023　木戸ここな ©Cocona Kido 2023
遊野煌 ©Kou Yuuno 2023　友川創希 ©Soki Tomokawa 2023　朱宮あめ ©Ame Shumiya 2023
湖城マコト ©Makoto Kojo 2023　深山琴子 ©Kotoko Miyama 2023　水葉直人 ©Naoto Mizuha 2023
南雲一乃 ©Ichino Nagumo 2023　響ぴあの ©Piano Hibiki 2023

発 行 人　菊地修一
デザイン　フォーマット　西村弘美
カバー　おおの蛍（ムシカゴグラフィクス）
発 行 所　スターツ出版株式会社
〒104-0031
東京都中央区京橋1-3-1　八重洲口大栄ビル7F
出版マーケティンググループ　TEL 03-6202-0386
（ご注文等に関するお問い合わせ）
URL　https://starts-pub.jp/
印 刷 所　大日本印刷株式会社

Printed in Japan

ISBN　978-4-8137-1413-2　C0193

スターツ出版文庫　好評発売中!!

『卒業　君がくれた言葉』

学校生活に悩む主人公を助けてくれた彼との卒業式を描く（『君のいない教室』蒼山皆水）、もし相手の考えが読めたら…と考える卒業式前の主人公たち（『透明な頭蓋骨』雨）、誰とも関わりたくない主人公が屋上で災いのような彼と出会い変わっていく姿を描く（『君との四季』稲井田そう）、卒業式の日に恋人を亡くした歌手を目指す主人公（『へたっぴなビブラート』加賀美真也）、人の目が気になり遠くの学校に通う主人公が変わっていく姿を描く（『わたしの特等席』宇山佳佑）。卒業式という節目に葛藤しながらも前を向く姿に涙する一冊。

ISBN978-4-8137-1398-2／定価704円（本体640円+税10%）

『余命半年の小笠原先輩は、いつも笑ってる』　浅原ナオト・著

大学一年生のわたしは、サークルで出会った三年生の小笠原先輩が余命半年であることを知る。“ふつう”なわたしは、いつも自由で、やりたいことをやりたいようにする小笠原先輩に憧れていた。そんな小笠原先輩は自分の“死”を前にしても、いつも通り周りを振り回し、笑わせて、マイペースで飄々としているように見えたけれど……。「死にたくないなあ」ふたりに特別な想いが芽生えるうちに、先輩の本当の想いが見えてきて――。笑って、泣ける、感動の青春小説。

ISBN978-4-8137-1399-9／定価715円（本体650円+税10%）

『鬼の花嫁　新婚編二～強まる神子の力～』　クレハ・著

玲夜の溺愛に包まれ、結婚指輪をオーダーメイドして新婚を満喫する柚子。そんなある日、柚子は龍と撫子から定期的に社にお参りするようお願いされる。神子の力が強まる柚子はだんだんと不思議な気配を感じるようになり――。また、柚子と同じ料理学校の芽衣があやかしに絡まれているのを見かけ、思わずかくまってあげて…⁉　一難去ってようやく待ちに待った新婚旅行へ。「柚子、愛してる。俺だけの花嫁」文庫版限定の特別番外編・猫又の花嫁同棲編収録。あやかしと人間の和風恋愛ファンタジー新婚編第二弾！

ISBN978-4-8137-1397-5／定価671円（本体610円+税10%）

『捨てられた花嫁と山神の生贄婚』　飛野 猶・著

没落商家の三笠家で、義理の母と妹に虐げられながら育った絹子。義母の企みにより、山神様への嫁入りという名目で山の中に捨てられてしまう。そこへ現れたのは、人間離れした美しさをまとう男・加々見。彼こそが実在しないと思われていた山神様だった。「ずっと待っていた、君を」と手を差し伸べられ、幽世にある彼の屋敷へ。莫大な資産を持つ実業家でもある加々見のもとでお姫様のように大事にされ、次第に絹子も彼に心を寄せるようになる。しかし、そんな絹子を妬んだ義母たちの魔の手が伸びてきて―⁉

ISBN978-4-8137-1396-8／定価682円（本体620円+税10%）

天国までの49日間
卒業

さよなら、灰色の世界

後宮の嫌われ白蛇妃

無能令嬢の契約結婚